ESSAI
SUR
LES JARDINS.

ESSAI
SUR
LES JARDINS,

Par M. WATELET,

De l'Académie Françoise, & Honoraire de l'Académie Royale de Peinture & de Sculpture, &c.

Fortunatus & ille, Deos qui novit agrestes.
Georg. liv. 2.

A PARIS,

Du Fonds de PRAULT *pere*,

Chez PRAULT, Imprimeur du Roi,

Quai des Augustins

M. DCC. LXXIV.

Avec Approbation & Privilége du Roi.

APPROBATION.

J'AI lû par ordre de Monseigneur le Garde des Sceaux un manuscrit intitulé, *Essai sur les Jardins*; & je n'y ai rien trouvé qui m'ait paru devoir en empêcher l'impression. Fait à Paris, ce 11 Septembre 1774.

Signé SAURIN.

PRIVILEGE DU ROI.

LOUIS, par la grace de Dieu, Roi de France & de Navarre : A nos amés & féaux Conseillers, les Gens tenans nos Cours de Parlement, Maîtres des Requêtes ordinaires de notre Hôtel, Conseils Supérieurs, Prévôt de Paris, Baillifs, Sénéchaux, leurs Lieutenans Civils, & autres nos Justiciers qu'il appartiendra, SALUT. Notre amé le sieur PRAULT pere, Imprimeur à Paris, Nous a fait exposer qu'il désireroit faire imprimer & donner au Public, un livre intitulé *Essai sur les Jardins*, par M. Watelet, s'il Nous plaisoit lui accorder nos Lettres de permission pour ce nécessaires : A CES CAUSES, voulant favorablement traiter l'Exposant, Nous lui avons permis & permettons par ces Présentes, de faire emprimer ledit Ouvrage autant de fois que bon lui semblera,

& de le faire vendre & débiter par tout notre Royaume, pendant le tems de trois années consécutives, à compter du jour de la date des Présentes. Faisons deffenses à tous Imprimeurs, Libraires, & autres personnes, de quelque qualité & condition qu'elles soient, d'en introduire d'impression étrangere dans aucun lieu de notre obéissance : à la charge que ces Présentes seront enregistrées tout au long sur le Registre de la Communauté des Imprimeurs & Libraires de Paris, dans trois mois de la datte d'icelles; que l'impression dudit Ouvrage sera faite dans notre Royaume & non ailleurs, en beau papier & beaux caracteres, que l'Impétrant se conformera en tout aux Réglemens de la Librairie, notamment à celui du 10 Avril 1725; à peine de déchéance de la présente Permission; qu'avant de l'exposer en vente, le Manuscrit qui aura servi de Copie à l'impression dudit Ouvrage, sera remis dans le même état où l'Approbation y aura été donnée, ès mains de notre très-cher & féal Chevalier Garde des Sceaux de France, le sieur Hue de Miromesnil; qu'il en sera ensuite remis deux Exemplaires dans notre Bibliotheque publique, un dans celle de notre Château du Louvre, un dans celle de notre très-cher & féal Chevalier Chancelier de France le sieur de Maupeou, & un dans celle dudit sieurs Hue de Miromesnil : le tout à peine de nullité des Présentes : Du contenu desquelles vous mandons & enjoignons de faire jouir ledit Expoſant & ſes ayant cauſes, pleinement & paiſiblement, ſans ſouffrir qu'il leur ſoit fait aucun trouble ou empêchement. Voulons qu'à la Copie des Préſentes, qui ſera imprimée tout au long au commencement ou à la fin dudit Ouvrage, foi ſoit ajoutée comme à l'original. Commandons au premier notre Huiſſier ou Sergent ſur ce requis, de faire pour l'exécution d'icelles tous Actes requis & néceſſaires, ſans demander autre permiſſion, & nonobſtant clameur de Haro, Charte Normande, & Lettres à ce contraires; Car tel eſt notre plaiſir. Donné à Paris le ſeiziéme jour du mois de Novembre l'an mil ſept cent ſoixante-quatorze, & de notre Régne le premier. Par le Roi en ſon Conſeil, *Signé* LE BEGUE.

Regiſtré ſur le Regiſtre XIX. de la Chambre Royale & Syndicale des Libraires & Impr. de Paris, N°. 3073, Fol. 326, conformément au Reglement de 1723. A Paris ce 11 Novembre 1774.

SAILLANT *Syndic.*

ESSAI
SUR
LES JARDINS.

AVANT-PROPOS.

ON s'occupe plus aujourd'hui parmi nous de la jouiſſance reflêchie des Arts agréables qu'on ne l'a fait juſqu'à préſent. Par cette raiſon ils ſe multiplient, ſe diviſent en une infinité de branches & tendent à ſe perfectionner. Le méchanique y a été pouſſé preſque auſſi loin qu'il peut aller, par les ſecours de la richeſſe, de l'émulation & de l'induſtrie; on paroît deſirer que le *libéral* y ajoute tout l'intérêt dont ils ſont ſuſceptibles; c'eſt-à-dire, qu'on veut non-ſeulement que les matériaux des ouvrages des Arts & l'emploi qu'on en fait, plaiſent aux ſens, mais auſſi que l'eſprit & l'ame éprouvent à leur occaſion, des ſentimens & des impreſſions qui les remuent & les attachent. C'eſt là la marche naturelle de l'eſprit exercé dont les deſirs s'irritent, & de l'ame qui, lorſqu'elle eſt active, s'efforce d'accroître ſon exiſtence. Je n'examinerai pas ſi cette activité générale, plus grande qu'elle ne feroit dans des ſociétés moins nombreuſes, & moins remplies d'hommes oiſifs, eſt plus nuiſible que profitable à la gloire Nationale. Je ne déciderai pas ſi ces branches d'Arts ſubordonnés, qu'on s'attache avec tant d'ardeur à multiplier, en les greffant, pour parler ainſi, les unes ſur les autres, n'ôtent point aux Arts plus eſſentiels une partie de leur ſubſtance; ce ſont des queſtions ſans doute intéreſſantes, mais il n'eſt peut-être plus tems de les traiter, & l'on paroîtroit bien ſévere en les décidant au déſavantage de ce grand nombre d'hommes, qui parmi nous s'occupent preſque excluſivement de leur ſatisfaction perſonnelle.

Plus indulgent, je ne veux aujourd'hui que ſeconder ceux qui s'amuſent de l'embelliſſement de leurs jardins, par quelques obſervations que j'ai faites, en décorant le mien. Si elles ont le bonheur de ne pas déplaire, elles pourront être ſuivies d'une collection plus étendue dont l'objet eſt d'enviſager les différens Arts par leurs relations réciproques, & ſous des points de vue ſimples & élémentaires. Je fais précéder l'eſſai ſur les jardins, pour ſatisfaire des amis que cet objet intéreſſe.

On offroit autrefois des guirlandes

aux Divinités bienfaiſantes ; ce petit Ouvrage, où les fleurs ne ſont point étrangeres, en eſt une que je préſente à l'Amitié.

O vous ! qu'elle conduit & qu'elle fixe dans la retraite agréable qui nous raſſemble, pour y goûter des amuſemens chers aux ames douces & ſenſibles ; vous qui venez y chercher quelquefois ce calme ſolitaire, ſi favorable aux Lettres & aux Arts, la conſolation des ſages ; vous enfin qui nés dans des palais où ſe conſervent des vertus héréditaires, ne dédaignez pas les cabannes où elles ſont honorées ; agréez cet hommage. L'offrande eſt peu conſidérable, mais le ſentiment ſimple & vrai qui l'accompagne, peut être au moins digne de vous.

DES JARDINS.

SI par l'effet des passions, les hommes renoncent aux douceurs d'un état tranquille ; par l'effet d'un penchant indestructible, ils regrettent le calme & le repos dont ils se privent. Le besoin de se soustraire au mouvement pénible qui s'établit & s'accélère dans les sociétés, renaît souvent dans leur ame agitée ; & c'est principalement au retour de la saison où la Nature semble se reproduire, que tout les porte à jouir des bienfaits qui leur sont offerts. C'est dans ces momens, qu'entraînés hors des murs qui les emprisonnent, & semblables à des captifs échappés, ils se répandent dans les lieux spacieux & aërés. On les voit errer autour des villes, monter les côteaux, courir après un air plus pur que celui qu'ils respiroient. Les plus asservis aux travaux, les plus enchaînés au joug des paſſions, ſe débarraſſent de leurs fers, ou ſi cet effort eſt trop grand pour leur foibleſſe, ils traînent après eux des chaînes dont ils oublient quelques inſtans la peſanteur. Ils obéiſſent ainſi à l'intention de la Nature; elle leur ſourit, les encourage & leur dit :

» Ah! dérobez-vous à cette agita- » tion qui vous épuiſe, à ces paſſions » exaltées qui fatiguent votre ame, à » ce tourbillon dont la vapeur épaiſſie » vous opreſſe! Venez, venez reſpirer; » venez recevoir les douces influences » de ce bel aſtre qui vous rend tous » vos droits à l'égalité, puiſqu'il n'é- » claire & n'échauffe pas plus l'homme » puiſſant & l'homme riche, que le foible » & le pauvre. Écoutez ma voix; éta- » bliſſez-vous des retraites où entourés » de vos enfans, de vos femmes, de » quelques vrais amis, vous goûtiez au » moins quelques inſtans, les plaiſirs » que je vous deſtine.

C'eſt d'après les ſollicitations de cette voix douce & perſuaſive, que la plus grande partie des habitans des villes vont jouir du calme des campagnes. Ils y conſtruiſent des demeures, ils veulent les rendre agréables ; & cherchent dans les ſoins attachés à ces établiſſemens, des occupations & des plaiſirs tranquiles, dont ils ont un deſir vague, une penſée confuſe, mais un beſoin certain : & comme il n'eſt pas d'homme qui n'ait imaginé quelque fiction relative à ſes penchans, il n'en eſt guères qui n'ait, ſurtout au printems, formé le projet d'une retraite champêtre. C'eſt un des romans que chacun ſe compoſe, comme on fait celui de ſes amours, de ſon ambition & de ſa fortune.

On devroit s'attendre ſans doute à trouver dans ces ouvrages, la variété que la Nature répand ſur les hommes qui s'en occupent ; mais autant elle prend de ſoin à les diſtinguer les uns des autres en les formant, autant l'imitation, penchant irréſiſtible, tend à les aſſimiler lorſqu'ils vivent enſemble.

C'eſt cette imitation qui, ſoumettant tout à ſon empire, donne des loix aux arbres, aux fleurs, aux eaux, à la verdure. Les plans de nos jardins, les formes de nos parterres, les diſpoſitions de nos boſquets, les ornemens que nous employons, ſont la plupart empruntés & copiés les uns des autres.

Il eſt cependant des rapports primitifs entre tous ces objets & les beſoins, les facultés, les penchans des hommes. Il en eſt qui dérivent du progrès des connoiſſances & de l'influence qu'ont les différens Arts les uns ſur les autres.

Pour découvrir ces élémens, je diſtinguerai les établiſſemens utiles & les lieux de plaiſance.

Quant aux jardins des villes, leurs diſpoſitions me ſemblent appartenir plus particulierement à l'Architecture qu'aux autres Arts. En effet, les promenades publiques, la plupart même de celles qui appartiennent aux maisons royales, ou à nos princes, & dont le libre usage est accordé à tout le monde, doivent être regardés comme des lieux de réunion & d'assemblée: la simplicité, la symmétrie y sont convenables; &, parmi nous, l'ordre & les mœurs exigent que tout y soit facilement apperçu.

DES ÉTABLISSEMENS UTILES

LES établiſſemens de campagne conformes aux premières inſpirations de la Nature, ſont auſſi les plus anciens, & ceux qui éprouvent plus difficilement l'effet des variétés inévitables dans les ſociétés.

Les hommes qui vivent au milieu des champs, réſiſtent aux caprices des modes, ou les ignorent. Le changement des mœurs & de l'empire des opinions ont plus de peine à s'étendre juſqu'à eux. Les Arts & les uſages ont à leur égard une influence plus lente. L'objet de ces établiſſemens eſt l'utilité ſouvent reſtrainte au plus étroit néceſſaire. Sous ce point de vue, ils ſembleroient n'avoir de relation qu'avec les Arts méchaniques ; mais à l'utile ſe joint toujours quelque nuance d'agréable, parce que le délaſſement eſt auſſi indiſpenſable aux hommes que le travail, & que le plaiſir eſt au nombre de leurs beſoins.

C'eſt ſous cet aſpect que mon ſujet ſe rejoint aux Arts libéraux. Obſervons un inſtant la marche qui conduit à ce rapprochement.

Lorſque l'induſtrie ou la force ont produit dans les ſociétés l'inégalité des facultés & des moyens, il s'établit des proportions différentes dans la poſſeſſion de ces campagnes, qui devroient appartenir à tous. Les maîtres puiſſans & riches des portions plus conſidérables de l'héritage commun, en retirent un double avantage; le ſuperflus & le loiſir. En jouiſſant de ces biens, ils n'abandonnent pas abſolument l'idée des objets qui les leur procure: ils en occupent leur oiſiveté. Ainſi, quelquefois la chaſſe plaît aux peuples belliqueux;

& dans la paix l'image de la guerre devient leur amuſement : mais les occupations turbulentes ne conduiſent point à transformer les déſerts en cultures, & les campagnes en jardins ; c'eſt principalement aux Agriculteurs que cet avantage paroît réſervé. Portés à obſerver, éclairés par l'induſtrie, entraînés par leurs travaux mêmes à des délaſſemens néceſſaires ; tout les diſpoſe à la douceur du repos, au charme des affections paſſives, & enfin à des jouiſſances recherchées.

Nous verrons ſe joindre à ces motifs, dans les ſociétés nombreuſes & floriſſantes, l'imitation & la vanité. Mais ſuivons notre développement.

Les poſſeſſeurs qui jouiſſent en paix du ſuperflus & du loiſir, devenus moins agiſſans, parce que la néceſſité utile & funeſte aux hommes, ne leur impoſe plus ſes loix, rapprochent de leur demeure ce qu'ils alloient chercher loin d'elle. L'ombrage des forêts paroît trop éloigné; l'eau qui coule dans des grottes écartées, donne trop de peine à puiser à sa source : il faut que le nécessaire prévienne le besoin; que l'agréable vienne au-devant du desir.

Alors l'homme tourmenté de son désœuvrement, demande aux objets dont il est entouré, des impressions qui manquent trop souvent à son ame vuide ou languissante ; & devenue difficile dans le choix des sensations, comme un malade dans celui des mets qui lui sont offerts, il porte ses desirs jusqu'à la sensualité; ce sentiment délicat qui exige les relations les plus parfaites entre les objets extérieurs, les sens, & l'état de l'ame.

C'est pour parvenir à cette perfection de jouissance qu'on distingue des nuances dans l'agrément des lieux où l'on trouve plaisir à s'arrêter. On s'y prépare des repos commodes, on cherche des aſpects qui attachent : il faut que les arbres entrelaſſés & transformés en berceaux, rendent l'ombre plus épaiſſe; leurs formes, leur choix, leurs variétés ajoutent un prix à leur uſage. Les fleurs qui avoient arrêté la vue dans les champs & dans les prairies où la Nature les ſéme au haſard, ſont raſſemblées pour ne plus échapper aux regards qui les quittoient avec peine. On veut par des ſoins nouveaux leur donner des perfections que la Nature ſembloit leur avoir refuſées. C'eſt alors que l'homme, occupé des ſentimens ſi doux que l'amour, la tendreſſe filiale & l'amitié produiſent, trouve à ces ſentimens un ſurcroît de charmes : s'il s'y abandonne dans les lieux ſolitaires où les oiſeaux mêlent aux impreſſions de ſa ſenſibilité, celle de leur bonheur; où l'eau qui tombe & roule, prolonge par la continuité de ſon bruit, une rêverie qui plaît; où la verdure & les fleurs choiſies ſur l'émail deſquelles la vue ſe repoſe, font jouir les regards & l'odorat, ſans cauſer à l'ame une trop grande diſtraction.

Voilà par quelles progreſſions l'Art parvient enfin à embellir la Nature.

Mais l'homme oiſif, ingénieux, ſenſible, après avoir ainſi diſpoſé à ſon avantage les richeſſes & les beautés de la Nature, attache à ces nouveaux tréſors une affection particuliere. Pour s'en aſſurer une jouiſſance tranquille; il creuſe des foſſés; il dreſſe des paliſſades; il éleve des murs, & l'enclos s'établit. Emblême de la perſonalité; c'eſt le petit empire d'un être qui ne peut augmenter ſa puiſſance ſans accroître les ſoins qui la troublent.

On voit aiſément que dans ſes premiers progrès, l'Art des jardins ne peut faire des pas rapides. Pour hâter ſa marche, il eſt néceſſaire qu'au deſir d'une jouiſſance perſonnelle ſe joigne l'idée d'une jouiſſance communicative.

Mais comment cette idée s'établit-elle?

Par l'hofpitalité: fentiment fimple émané de la Nature, ou par la vanité, que j'appellerai *oftenfive*, fentiment factice, ouvrage de la fociété.

A la honte de l'humanité, le premier de ces fentimens n'eft pas celui qui porte l'Art des jardins à fes plus brillans fuccès.

Repréfentons-nous les habitations des Patriarches. Obfervons ce que font dans nos campagnes les établiffemens ifolés des hommes encore fimples de mœurs, & bornés dans leur fortune. Rappellons-nous enfin le jardin d'Alcinoüs.

Un verger de quatre arpens étoit renfermé par une haie vive. Des arbres fruitiers en plein vent charmoient les regards par l'abondance & la beauté des fruits, par la variété & le choix des efpèces. L'ordre dans lequel les arbres

bres étoient plantés, conſtituoit tout l'Art qu'avoit employé un Souverain.

Un potager cultivé avec ſoin offroit encore dans ſes compartimens des productions utiles; & deux fontaines répandoient leurs eaux, l'une au travers du jardin qu'elle fertiliſoit; l'autre le long des murs de l'habitation devant laquelle elle ſe raſſembloit, pour offrir ſon ſecours aux citoyens.

Tels ſont, dit Homere, les magnifiques préſens dont les Dieux avoient embelli la demeure d'Alcinoüs. Diſons, tel étoit le caractere reſpectable de ces tems, ſans doute heureux; où la noble ſimplicité des Héros & des Princes hoſpitaliers, ſe trouvoit ſi bien aſſortie.

Ces tems ſont éloignés. Ces mœurs ſont peu durables. Ce n'eſt plus à l'hoſpitalité que nos Arts, dominés par le luxe, doivent les perfections qu'ils acquiérent; c'eſt la vanité *oſtenſive* qui excite leurs efforts, & les porte à leurs plus grands ſuccès. Magicienne active & puiſſante dans les ſociétés faſtueuſes, elle fait prendre à la plus grande partie des hommes oiſifs & opulens, des perſonnages ſans leſquels le ſuperflus leur feroit inutile, & le loiſir à charge. Occupés de ces repréſentations néceſſaires à leur déſœuvrement, nous les voyons magnifiques, ſenſuels, enthouſiaſtes des Arts, des talens, des plaiſirs; quelquefois capricieux, ſinguliers, ou imitateurs ſerviles des bizarreries & des modes étrangeres.

Dans ces rôles le goût, le ſentiment, l'intelligence ſont néceſſaires; malheureuſement le ſuperflus, le loiſir & la prétention ne les donnent pas: cependant ces Acteurs en ſe mettant en ſcène s'efforcent de répandre ſur tous les objets dont ils s'environnent, le caractère qu'ils ont choiſi. Si ce caractère ſe démontre par des moyens mal conçus, par des idées désordonnées; il est jugé ridicule: mais s'il se produit, par des inventions heureuses, fondées sur la Nature, ou soutenues par des conventions autorisées, il plaît aux spectateurs; & le succès donne naissance à des Arts nouveaux, ou du moins à des branches nouvelles d'amusemens & de plaisirs qui se perfectionnent.

Pour les enrichir & les varier, c'est à des inventions pittoresques, poétiques & romanesques qu'on a le plus ordinairement recours; elles tiennent au merveilleux & à la fiction: peut-on douter que leurs droits ne soient certains sur les hommes? Cependant parmi ces idées dont l'imagination fait usage, celles qu'on nomme pastorales, sont sans doute les plus convenables aux embellissemens de la campagne: mais les notions du pastoral antique se sont dénaturées; & si celles que nous déſignons ainſi en deſcendent; elles leur ſont à-peu-près, ce que nos bourgeoiſes ornées d'étoffes choiſies & de rubans, ſont à leurs ayeules, qu'habilloit à leur avantage, une modeſte étam i ne, & que parait un bouquet de fleurs.

Examinons cependant ce que le paſtoral moderne pourroit encore répandre d'agrémens ſur un établiſſement champêtre; ſi l'on employoit un Art bien dirigé, à diſpoſer ſous l'aſpect le plus ſatisfaiſant, les objets d'utilité que fournit la campagne; ces détails paroîtront peut-être paſſer les bornes d'un eſſai élémentaire; mais je m'y ſens entraîné par l'intérêt qu'on prend à cette matière. J'oſerai donc me permettre une ſuppoſition. Je placerai près d'une habitation des établiſſemens utiles, rendus agréables; & je transformerai, pour l'intérêt de la vanité même, le poſſeſſeur en écohomme industrieux & sensuel, occupé à tirer avantage de la Nature pour ses besoins & ses plaisirs.

FERME ORNÉE.

LA demeure placée ſur le penchant d'une colline, d'où les regards pourront ſe porter facilement vers des bâtimens, & des enclos deſtinés à mettre à profit les bienfaits de la Nature.

Les jouiſſances de la campagne doivent être un tiſſu de deſirs excités ſans affectation, & de ſatisfactions remplies ſans efforts.

Il faut donc que l'habitation préparée pour raſſembler l'utilité & le plaiſir ſoit orientée de manière qu'on découvre ſans obſtacle les établiſſemens qui l'entourent. Expoſée au plein nord, elle éprouveroit trop ſouvent dans notre climat, les rigueurs d'un vent incommode.

Vers le couchant, l'éclat importun d'un ſoleil brûlant, dont les rayons viennent éblouir des bords de l'horiſon, fatigue & repouſſe les regards: mais ſi l'aſpect eſt ſitué entre le midi & le levant; le penchant qui entraîne à s'occuper du ſpectacle de la campagne, ne trouve preſque jamais d'oppoſition; & l'on s'y voit doucement attaché par la facilité d'en jouir.

Livré à cette ſatisfaction, j'apperçois que le côteau deſcend à des prairies où ſerpente une petite riviere; que la pente oppoſée préſente des cultures, des vignes; & ſur la hauteur, des bois qui ne ſont pas aſſez éloignés, pour m'ôter le deſir de m'y tranſporter. Je vois ſur cette même hauteur, mais dans une plus grande diſtance, des campagnes à bled qui m'offrent l'idée de leur richeſſe, ſans m'ennuyer par leur vaſte uniformité.

Ramenant mes regards, après ce premier coup d'œil, vers le pied de la colline où je ſuis placé, je les arrête à la ferme.

Un amas de bâtimens, de cours, d'enclos fixe ma vue, & excite mon intérêt. Alors j'ai peu de curiosité pour le jardin qui ne me promettroit qu'une ennuyeuse uniformité.

Je descends donc la colline, l'imagination montée sur le mode pastoral. Le desir est formé; il s'agit de l'entretenir & de le satisfaire. Mais plus le goût se trouve perfectionné dans la société dont je fais partie, plus il faut que l'artifice soit délicat. C'est un ouvrage où l'utile & l'agréable adroitement combinés, doivent se servir, & ne se nuire jamais. C'est dans ce point que l'Art dont je traite, est véritablement un Art libéral. Aussi le possesseur instruit de ce principe, & fidèle à s'y conformer, a disposé convenablement jusques aux routes par lesquelles il va me conduire. C'est l'exposition de son Roman. La pente du terrein où je marche est adoucie, & les sentiers suivent de légeres ſinuoſités. Ils ne tendent pas dans une direction géométrique, à l'endroit où j'ai deſſein d'arriver; ils ne ſont pas aſſez tortueux, pour retarder trop ma courſe. Eh! n'eſt-ce pas ce qui convient le mieux aux hommes? Rien de plus ſemblable à la marche de nos idées, que ces traces qu'ils forment dans les vaſtes campagnes. Vous les voyez rarement droites. L'indéciſion ſans doute eſt un état plus commode pour nous que l'exactitude, & plus naturel que la préciſion.

Mais déjà, parcourant ma route ſinueuſe & doucement inclinée, j'ai découvert des aſpects agréables; puis je les ai perdus de vue, pour les retrouver avec plus de plaiſir. Toujours je me trouve garanti du ſoleil par des arbres qui ſemblent venus au haſard, ou par l'abri que me donnent de petites haies qui entourent des cultures de toute eſpèce. Leur diverſité m'occupe. Le ſoin qu'on met à les entretenir m'intéreſſe. Mes pas ſe trouvent inſenſiblement ralentis: & prêt à les ſuſpendre pour mieux jouir ; l'ombrage d'un groupe d'arbres, ſous lequel eſt un banc de gazon & une petite fontaine, m'arrête & m'invite à quelques inſtans de repos.

Si je m'aſſieds, mes regards ſe trouvent dirigés vers un tableau choiſi, & je prolonge ſans regret, un ſoulagement néceſſaire.

C'eſt ainſi qu'un léger artifice ajoute aux jouiſſances établies ſur les beſoins. Mais ſi l'intention peut ſe laiſſer appercevoir, il ne faut pas qu'elle ſoit trop prononcée.

Engager & non contraindre ; voilà l'art de tous les Arts agréables.

Dans les lieux deſtinés aux promenades, les diſtances & des accidens heureux doivent donc décider les repos.

Il ſemblera que le haſard en ait diſpoſé la forme & les agrémens.

On préſentera pour prétexte de s'arrêter, tantôt les dimenſions ou l'aſſemblage de quelques arbres extraordinaires heureuſement groupés; tantôt la rencontre d'une ſource qui promet & donne de la fraîcheur en épanchant ſes eaux; une vaſte découverte qui demande quelques inſtants pour la parcourir; un point de vue pittoreſque qui attache; un objet *imprévu* qui ſuſpend les pas, en fixant les regards.

Mais parvenu juſqu'au pied du côteau, j'apperçois les bâtimens de la ferme; & l'intérêt s'eſt augmenté par les ſoins dont j'ai trouvé par tout la trace. Les murs extérieurs ſont conſtruits & entretenus avec une attention qui me ſatisfait: la pierre eſt entremêlée de brique. Cette diverſité a donné lieu de former une eſpece de ſocle, de diſtinguer un couronnement;

& par cette légère variété on a su décorer la construction, sans s'éloigner du caractère qui lui convient. En face de la principale entrée, de grands arbres, sans trop de symmétrie, mais dans la forme d'un demi-cercle, offrent une ombre, dont les ouvriers, & ceux qui vont à la ferme, peuvent souvent avoir besoin. Quelques bancs sont préparés pour leur repos; & sous l'ombrage une fontaine, dont le côteau que nous venons de descendre, fournit les eaux, coule dans une cuve de pierre, dont la forme & les proportions plaisent à travers leur rusticité. Quiconque a voyagé en Italie, n'ignore pas l'attrait qu'ont des objets souvent très-communs, par l'effet seul de la simplicité des masses, & du rapport heureux de quelques parties principales entr'elles.

Non loin de la fontaine, un abreuvoir est formé du trop-plein des eaux, & disposé commodément pour les animaux utiles, lorſqu'au retour du pâturage ou des labours, ils ont beſoin d'étancher leur ſoif & de ſe rafraîchir.

Déja nous entrons dans la cour : elle eſt environnée de tous les bâtimens néceſſaires; & leurs uſages différents ſont indiqués ſur leur entrée, de maniere qu'à l'aide de quelques regards, je me crois habitant de cette demeure, dont je connois d'un coup d'œil, les principaux êtres.

L'ordre & la propreté y regnent; mais elles n'ont point cette recherche qui déplaît ou qui bleſſe, lorſqu'elle eſt affectée ou exceſſive. Il ne faut pas ici que les ſoins donnés à l'agréable paroiſſent l'emporter ſur l'utile. Il ne doit point venir en penſée que les frais néceſſaires à ce qui n'eſt qu'ornement, abſorbent le produit d'un établiſſement qui s'annonce pour être profitable; mais il faut éviter auſſi la négligence

& la malpropreté: plus nuisibles à la jouissance que l'excès des soins, elles repoussent en rappellant les idées rebutantes d'abandon ou d'avarice.

Autour de la cour diverses issues m'engagent à étendre ma curiosité. Ici des cours particulieres sont destinées aux chevaux de travail, aux animaux de service; à conserver sous des hangards les ustensiles & les instrumens économiques.

A travers de ces cours j'apperçois des sentiers extérieurs. J'y vois de la verdure, des arbrisseaux & des fleurs. C'est un appas pour m'engager dans différentes routes que je trouve bordées de gazons & d'arbres; ces routes pénétrent dans des pâturages couverts de bestiaux; elles se dirigent vers de petits bâtimens, qui placés comme au hazard dans ce bocage, semblent, en excitant ma curiosité, se disputer l'avantage de déterminer mon choix.

Des courans d'eau, qui fertilisent les pâturages, croisent ou suivent les sentiers qui s'offrent à moi; & des petits ponts simples, mais variés dans leur forme, me donnent passage. Tantôt je marche le long d'une haie d'arbustes à fleurs que je ne m'attendois pas de trouver dans un lieu si champêtre. Tantôt je me vois à l'abri d'une suite de saules & de peupliers d'Italie entre-mêlés, qui par la différence de leurs formes, présentent aux regards la variété pittoresque qu'on ne doit jamais perdre de vue. Tantôt encore les sentiers se trouvent bordés d'arbres plus espacés qui servent d'appui à de longs ceps de vignes. Les pampres qui s'étendent à l'aide des branches qu'elles embrassent, se joignent & courbent leurs guirlandes, pour flatter les yeux & animer le desir, en déployant sous une forme qui plaît, les richesses dont elles sont chargées.

Je parviens ainſi à l'endroit deſtiné à tout ce qui concerne le laitage. L'eau coule dans des vacheries diſpoſées pour être à l'abri des grandes chaleurs, & pour recevoir des courans d'air favorables à la ſalubrité. Les étables ne ſont point élevées avec une prétention de magnificence contraire à leur véritable convenance ; elles ne ſont point recherchées dans leurs formes ni dans le choix des matériaux.

Toute idée d'une opulence affectée affoiblit l'idée paſtorale qui doit ici dominer ſur toute autre. La propreté & le ſoin habituel ; voilà le véritable luxe de cette partie de l'établiſſement.

Des greniers iſolés ſont à portée du ſervice des étables, & à l'abri des incendies. Les pâturages ſont peu éloignés, & s'étendent le long des bords de la petite riviere, qui, en ſerpentant, promene la fertilité dans tout le vallon.

Une

Une laiterie n'eſt pas loin : ombragée par des peupliers touffus, rafraîchie par le voiſinage d'une eau courante, offrant ſur-tout ce qu'un établiſſement champêtre produit de plus délicat & de plus agréable, elle autoriſe quelque recherche de plus. Une propreté indiſpenſable peut en faire excuſer l'excès. On ne s'offenſe pas de voir prodiguer des ſoins, & conſacrer quelques ornemens à des productions, où la Nature met elle-même une perfection particulière, & qui rappellent cet âge, & cet état heureux dont les Poëtes ne ſe retracent jamais ſans nous plaire, les charmantes images. C'eſt avec un délice compoſé de toutes ces idées naturelles & paſtorales qu'on ſe plaît à prendre dans cet endroit même, un repas champêtre, dont le lait & quelques fruits ſont l'objet principal.

Si la ferme que je diſpoſe a droit de

rassembler tout ce qui dans l'utile offre des idées faites pour plaire, on n'aura pas oublié de placer à quelque distance de l'endroit où l'on prépare le lait, celui où se fabrique le miel.

Un enclos fermé d'une palissade d'épines à fleurs, contient les ruches: disposées sur des amphithéâtres qui regardent le midi, elles sont à l'abri du nord.

L'enclos est tout entier consacré aux plantes & aux fleurs, qui conviennent aux abeilles. Le thym, la lavande, la marjolaine, le saule, le tilleul, le peuplier y sont prodigués, & embaument au loin l'air qu'on respire. Ici le luxe des parfums & des fleurs est autorisé comme celui de la propreté l'étoit dans le lieu que nous venons de quitter: & c'est ainsi qu'il faut que les voluptés, pour ne pas blesser la raison, ayent un point d'appui, ou du moins un prétexte dans la Nature.

Des arbrisseaux à fruits sont plantés dans les environs du rucher ; leurs buissons odoriférants servent à arrêter les jeunes essains, lorsqu'échappés ou chassés des ruches, ils cherchent à former de nouveaux établissemens.

Des petits courans peu rapides & peu profonds leur offrent l'eau nécessaire, & forment par des chûtes ménagées un bruit égal & continu, qui en leur plaisant les attache à leur demeure. Tous les environs sont plantés ou garnis de végétaux qui peuvent donner au miel des qualités salutaires, & un goût exquis. Les prairies au centre desquelles est le rucher, fournissent abondamment à leur provision. Ce n'est pas tout. Un petit bâtiment contient le magasin des ruches qu'on fabrique pendant l'hyver ; le laboratoire, où, à l'aide de quelques vases & de quelques fournaux, on sépare le miel de la cire ; & enfin le lieu frais ou il ſe conſerve pour les différens uſages auxquels il eſt deſtiné.

Dans une autre partie de ce bocage s'élevent quelques bâtimens plus étendus : ils ſont propres aux vers à ſoie, & à tout ce qui y a rapport. Je ne ſuppoſe point à ces établiſſemens une grandeur qui paroîtroit exiger pour chacun les ſoins entiers & laborieux du maître. Le deſir de s'enrichir exige ſans doute de vaſtes établiſſemens : alors de grands profits, quelquefois de fâcheuſes pertes trahiſſent ou récompenſent de grandes peines. Il eſt des dimenſions plus relatives à la ſatisfaction de l'homme. Son vrai bonheur ſe trouvera toujours dans une combinaiſon d'occupations, de deſirs & de délaſſemens modérés ; dans des avantages moindres, mais moins cherement achetés ; dans des jouiſſances enfin moins étendues que ſucceſſives & habituelles. D'ailleurs la variété & la mesure que j'établis, favorable encore à l'amour propre bien entendu, flatte plus adroitement ceux qu'on en fait jouir, que des objets dont la vaste importance les étonne, & quelquefois les blesse. Ce n'est point la surprise que cause le faste, qu'il faut exciter dans vos hôtes. Offrez, & faites leur partager des avantages convenables à une fortune moyenne; la plûpart en jouiront avec d'autant moins de réserve, qu'ils ne les trouveront point au-dessus de leurs desirs; & vous n'éveillerez pas l'envie par l'étalage d'une opulence disproportionnée.

Mais prêt à m'éloigner des lieux où j'ai vu préparés & disposés par ordre les vers, les cocons, les écheveaux propres aux ouvrages les plus artistement combinés par l'intelligence & l'industrie, je me sens entraîné par les cris de différens animaux; & mes pas se dirigent vers la ménagerie.

Que ſerviroient encore ici la richeſſe des ornemens & le ſuperflus trop marqué ? L'intelligence fixe plus naturellement l'attention, & fait naître plus ſûrement l'intérêt. Les parquets ſont ſpacieux, & diſpoſés de maniere que je ne plains point les priſonniers qu'ils renferment. Les eſpeces rares ſont ſéparées pour aſſurer la conſervation des races. De l'ombre pour les tems des chaleurs ; des abris pour les tems rigoureux ; du ſable, du fumier, de l'eau : Tout ce qui m'aſſure que ces animaux utiles ſont heureux, ajoute à mon plaiſir, bien plus que ne feroient des grillages dorés, des treillages ſurchargés d'ornemens, des baſſins de marbre qui tariſſent à la moindre chaleur, & qui ont plus de rapport à une magnificence meſquine, ou mal-à-propos prodiguée, qu'à l'utilité réelle.

A quelque diſtance des oiſeaux de baſſe-cour, les aquatiques occupent un lieu destiné particulierement pour eux. Des canaux, où quelque branche de la petite riviere, leur fournissent avec le nécessaire, le superflus qui leur est propre. Aussi les eaux qu'on aura conduites dans leur demeure sont-elles bordées d'osiers, de saules, de joncs; & meublés de petites cabannes dont l'agrément & la commodité les engagent à s'y fixer.

Plus loin se trouve un établissement intéressant encore: c'est un jardin des plantes médicinales les plus nécessaires pour les hommes & pour les animaux: elles sont cultivées avec soin, rangées par ordre, & étiquetées de maniere qu'en peu de mots, j'apprends leur nom, leur classe & leur principale propriété. Ce soin qui tient à la fois à l'humanité, à l'administration économique & aux connoissances acquises de mon tems, me dispose à voir avec sensibilité une hospice destiné aux serviteurs malades. Une ménagere entendue, un homme inſtruit des principes les plus néceſſaires, & capable de porter les ſecours les plus urgents dans tout ce petit canton, habitent avec quelques domeſtiques une demeure propre. Celui-ci dirige un laboratoire qui contient les uſtenſiles non recherchés, mais indiſpenſables aux préparations; il adminiſtre un magaſin de drogues qu'il faut avoir ſous la main, & prend ſoin d'une bibliothéque médicinale bien choiſie, & par-là peu nombreuſe.

Le lieu eſt aéré, ſpacieux & ſain. Quelques allées champêtres en forment les promenades : le but où elles tendent, eſt un oratoire qui dominant un tertre, préſente de pluſieurs endroits du vallon, l'aſpect à la fois pittoreſque & intéreſſant d'un temple où l'on rend grace des bienfaits dont on jouit : un aſile voiſin, ſous la forme d'un hermitage, y procure un lieu de repos, un abri où l'on trouve des siéges, une table, & ce qui peut être nécessaire lorsqu'on s'y arrête quelques instans.

La vue s'étend sur tout l'établissement; & l'on se rappelle, en y promenant encore ses regards, les sensations qu'on y a reçues. C'est alors qu'il est naturel de dire avec le Sage: O trop heureux les habitans des campagnes, s'ils connoissoient mieux le prix des biens dont ils jouissent, ou dont ils pourroient jouir! On desireroit de se fixer pour toujours au centre de ces établissemens; aussi le possesseur s'est-il construit près de l'hermitage une demeure semblable à celle de Socrate. Il la destine à se procurer, de tems en tems, une jouissance plus particuliere & plus réfléchie de toutes ces scènes pastorales. Il peut la faire partager à un ami; car si la jouissance de cette ſorte de plaiſir peut convenir à une ſolitude abſolue, un ami à qui l'on parle du bonheur qu'on goûte ne la trouble jamais : on le met à la place de ſon ame ; on lui dit ce qu'on a beſoin de ſe dire. C'eſt le ſoi qu'on perſonifie ſans avoir d'égoïſme à ſe reprocher, & ce plaiſir ſi ſenſible & ſi pur s'accroît lorſqu'on le partage.

La maiſon, pour être digne de ce nom que je viens de lui donner, doit être de la plus grande ſimplicité. C'eſt en l'habitant que le poſſeſſeur devient lui-même acteur de ſa ſcène paſtorale. Des livres, un jardin de fleurs ſont les principaux amuſemens qu'il s'y eſt ménagés. Il cultive les unes, ou prend plaiſir à les voir cultiver ; il s'inſtruit dans les autres, ou s'en amuſe ; il fait ainſi diverſion à des ſoins étrangers ; il livre ſon ame aux impreſſions des objets qui l'environnent. Mais loin de lui ces agitations deſtructives, ces affections immodérées plus nuisibles au bonheur, plus funestes à la vertu que les passions naturelles.

En s'éloignant de ces tourbillons des sociétés, dont le mouvement étourdit & ennivre, où des fantômes passent pour des réalités, où les délires habituels de l'orgueil, de l'ambition, de la cupidité sont regardés comme l'état le plus naturel, qu'il fasse treve avec ses ennemis; esclave affranchi, qu'il n'emporte point avec lui ses chaînes. Qu'il entremêle au moins à la vie ordinaire des jours de retraite; plaisir si sensuel, lorsqu'on sait le goûter; utile si l'on sait en profiter. Inestimable emploi de ce loisir & de ce superflus dont l'idée vague séduit, dont l'usage réel fatigue; qu'on cherche avec tant d'ardeur, & qu'on trouve si souvent à charge même lorsqu'on se vante le plus d'en jouir.

C'est dans ces momens que le posſeſſeur eſt à portée d'entretenir l'ordre, de diriger les ſoins, de ſoulager les peines, de faire marcher de concert l'humanité ſatisfaite, l'intelligence & l'utile induſtrie. Il voit tout, il corrige, il perfectionne, il embellit, il imagine, il crée. Les attentions économiques s'entremêlent aux ſoins charitables : il fait le bien; il en jouit, & le tems coule ſi rapidement, qu'à peine en trouve-t-il pour des promenades plus étendues.

Cependant il s'en eſt ménagé d'intéreſſantes encore. La petite riviere eſt bordée d'un ſentier qui ſerpente comme elle, il conduit à des aſpects champêtres & à des repos bien ménagés : ceux-ci propres à pêcher, ſont ombragés & commodes. On y trouve les inſtrumens néceſſaires & des bateaux pour accompagner les pêcheurs.

D'autres ſentiers découverts ont pour points de vue les différentes fabriques que nous avons parcourues. S'il desire de s'élever vers le côteau opposé à celui d'où il est descendu, il trouve des ponts & des routes garnies, à mesure que le terrein s'exhausse, de cerisiers, de pomiers, & d'arbres utiles. Ces nouveaux chemins le feront bientôt parvenir à travers un petit vignoble, jusqu'à des pelouses qui dans le voisinage d'un bois, sont destinées à élever des chevaux.

Là des enclos spacieux séparent les différens âges : des écuries renferment des étalons choisies ; un manege sert à exercer les éleves en état de servir : & le possesseur trouve à la fois dans ce lieu l'intérêt d'un établissement utile & les secours nécessaires pour des promenades prolongées. C'est-à-dire, quelques chevaux qui sont nés chez lui, & des chiens destinés à détruire dans ses bois & ses plaines les animaux nuisibles aux campagnes & à la sûreté de ses établissemens.

Cette derniere ſcène s'éloigne ſans doute du paſtoral qui faiſoit l'intérêt de toutes les autres; mais qu'on ſe rappelle que les idées champêtres ſe ſont dénaturées: elles ont cédé dans nos climats à des idées guerrieres; auſſi ce que je viens de préſenter à l'extrémité de ce tableau que j'ai compoſé, ſe trouve placé ſur les premiers plans de nos établiſſemens réels; car les parcs, les écuries, les chenils tiennent immédiatement aux châteaux; tandis que les fermes en ſont le plus ſouvent éloignées.

Il me faut donc paſſer à de nouveaux objets, quitter le paſtoral; & parcourant nos parcs, préſenter auſſi quelques-uns des élémens d'après leſquels on peut les rendre moins monotones qu'ils n'ont été juſqu'ici, & plus intéreſſans.

DES PARCS ANCIENS.

Un parc eſt, en général, un vaſte enclos environné de murs, planté & diſtribué en maſſifs & en allées droites dans différentes directions ſymétriques, qui préſentent, preſque partout, à-peu-près le même genre de ſpectacle.

Le ſentiment que ces lieux inſpirent eſt le plus ordinairement une rêverie ſérieuſe, & quelquefois triſte. Le plaiſir qu'on y cherche eſt la promenade, qui, ſans objet d'intérêt, a peu d'agrémens. On y trouve l'ombre dans les chaleurs; mais cette ſatisfaction eſt achetée ſouvent par l'importunité des moucherons que produiſent l'épaiſſeur des ombrages, l'humidité des maſſifs, & les eaux languiſſantes qu'empriſonnent quelques canaux ou quelques miroirs.

Il ne me ſemble pas qu'aucune idée

paſtorale ait préſidé à la naiſſance des parcs. Ils doivent ſans doute leur origine à l'orgueil féodal. Des poſſeſſeurs puiſſans ſe ſont établis des demeures, ou plutôt des aſyles de ſûreté. Leurs paſſe-tems avoient beſoin d'être aſſurés, parce que leurs occupations étoient ſouvent des violences. Leurs parcs enfin étoient défendus par des murs, par la même raiſon que leurs châteaux l'étoient par des tours.

Plus ces poſſeſſeurs étoient puiſſans & riches, plus ils donnoient d'étendue à ces parcs deſtinés à leurs amuſemens. Mais quels amuſemens ! La chaſſe, image des hoſtilités. Lorſqu'ils trouvoient peu de ſûreté à parcourir leurs forêts ; les enclos bien fermés ſuppléoient aux paſſe-tems néceſſaires : ils étoient meublés d'animaux timides qu'on ne voyoit point aſſez, percés de routes droites qu'on voyoit trop ; ils étoient enfin, & ſont encore uniformes,

uniformes, triſtes & ennuyeux.

Il en réſulté que peu ſatisfait de leurs vaſtes & ſymmétriques dimenſions, on deſire d'en ſortir pour retrouver dans la campagne ce déſordre de la Nature qui plaît bien plus que la régularité.

Les poſſeſſeurs féodaux qui ont enfin abandonné les idées de force & de puiſſance, pour des idées plus paiſibles & plus douces, qui aſpirent moins qu'ils ne faiſoient autrefois au mérite de grands & éternels chaſſeurs, commencent à donner à leurs parcs des agrémens qui leur manquoient. Ils s'y préparent des affections paſſives, par la diſpoſition des aſpects, & par le ſecours de quelques objets artificiels qu'ils y joignent. Mais eſt-ce aſſez que ces affections ſoient préparées? Leur effet eſt-il bien ſûr? Ne faut-il pas que ceux à qui elles ſont deſtinées, ſe trouvent auſſi diſpoſés à les recevoir, à les ſentir? C'eſt ce qui arrive rarement; &

voilà l'obſtacle le plus inſurmontable pour les ſuccès qu'on ſe propoſe dans ce genre d'embelliſſement.

Les parcs qu'on diſpoſe ſur les nouveaux principes, ſont déſignés par le nom d'une Nation que nous imitons dans quelques uſages aſſez peu intéreſſans, avec une affectation ſouvent ridicule ; & cette Nation emprunta, dit-on, elle-même l'idée de ſes jardins des Chinois, peuple trop éloigné, trop différent de nous, trop peu connu pour ne pas donner lieu à des opinions extraordinaires, & à beaucoup de fables.

Ce qui n'en eſt pas une, & ce qui doit ſe trouver vrai par-tout ; c'eſt que les hommes qui ont acquis une aiſance ſurabondante & des loiſirs dont ils ſont embarraſſés, tendent dans leurs jouiſſances à des idées artificielles, parce qu'ils ſont dans un état qui s'éloigne de la Nature. Nous examinerons les obſtacles qui s'oppoſent à la réuſſite de ces idées, & les moyens élémentaires ſur leſquels doivent ſe fonder les ſuccès qu'on peut en eſpérer.

Mais pour m'arrêter encore un inſtant aux parcs anciens ; je dirai que s'ils ennuient, comme l'éprouvent ceux à qui ils appartiennent, & ceux qui s'y promenent ; ils ne ſont pas moins nuiſibles au bien général, par la quantité de terrein peu utilement employé, qu'ils occupent. Ce ne ſera qu'après qu'on aura épuiſé, pour les rendre intéreſſants, des reſſources que je crois fort incertaines, qu'on en abandonnera l'uſage.

Mais je me ſuis preſcrit de parler des Arts qu'on pratique de mon tems, & non de réformer ceux que je crois inutiles.

Si je l'avois ce droit, ou le don plus précieux de perſuader, je ſubſtituerois aux parcs les plus induſtrieuſement ornés, des entours bien cultivés & variés dans leurs cultures. Je préfererois aux ſcènes les plus artiſtement décorées, des hameaux dont les habitans heureux de mon bonheur, aiſés de mon ſuperflus, ſoulagés dans leurs maux, offriroient des tableaux animés & intéreſſants pour les ames ſenſibles; & je ſerois bien plus sûr de ſes effets ſimplement humains, que de ceux du genre terrible, pathétique & emblématique. L'induſtrie qui n'eſt pas appliquée à des objets utiles, peut obtenir quelques momens d'admiration : mais l'impreſſion en eſt peu durable. J'offrirois donc des établiſſemens conformes à la nature du pays, dont l'avantage & l'ordre attireroient & ſoutiendroient l'attention; des lieux deſtinés à des tentatives & à des expériences, toujours intéreſſantes par l'incertitude même de leurs ſuccès. Poſſeſſeur libre & opulent, ſi je l'étois, je répandrois à l'aide du ſuperflus, ſur tous ces objets, une intelligence ſuivie qui inviteroit à s'en occuper avec moi, & qui ne laiſſeroit aucun vuide à mes jours, ni dans mon ame. L'utilité feroit la baſe de mon Art: la variété, l'ordre & la propreté en feroient les ornemens. Des communications faciles, des abords agréables feroient les tranſitions de mon ouvrage: & le but de ce Poëme naturel & *ſentimental* feroit une unité d'intention pour le bien général, & pour l'avantage particulier des hommes qui m'entoureroient: d'où réſulteroit un bonheur, & des plaiſirs que le regret ou l'ennui ne viendroient point troubler.

En attendant que ce plan ſoit adopté, on décorera des parcs; & l'on voudra ſur-tout que l'opulence y ſerve l'orgueil & la vanité. On appellera au ſecours de ces Dieux de théâtre, des illuſions. Il faut bien offrir des ſcènes recherchées à des yeux peu touchés du ſpectacle de la ſimple Nature, & ranimer par des impreſſions inattendues des ames énervées : comme on offre dans nos repas, des mets piquans à des ſens uſés.

Puiſqu'il eſt ainſi, examinons un moment les principes de l'art des parcs modernes ; & démêlons les élémens d'un problême qui conſiſte à s'approcher, le plus près poſſible, du factice ; en abandonnant, le moins poſſible, la Nature.

DES PARCS MODERNES.

TROIS caracteres qui ont des points d'appui dans les idées reçues, peuvent servir de base à la décoration des nouveaux parcs.

Le Pittoresque; le Poétique; le Romanesque.

Le premier, comme le désigne le nom, tient aux idées de la peinture. Le peintre assemble & dispose sous l'aspect favorable à son intention, les objets qu'il choisit dans la Nature. Le Décorateur d'un parc doit avoir sans doute le même but, mais borné dans ses moyens: les qualités du sol, la température du climat, le caractere & les formes inhérentes des terreins opposent à son art des difficultés & des bornes quelquefois insurmontables;

tandis que la toile docile se prête à toutes les compositions du Peintre.

Une autre différence entre les deux arts, non moins importante, c'est que la composition d'un tableau paroît toujours la même, quoiqu'on la regarde de différents points. Le spectateur n'a ni le moyen, ni la puissance d'en altérer la disposition. Le spectateur des scènes pittoresques d'un parc au contraire, en change l'ordonnance, en changeant de place; & ne se dirige ou ne s'arrête pas le plus souvent, comme l'exigeroit l'intention de l'ouvrage.

On a donc plus de raison d'appeller scènes théâtrales, que tableaux, les dispositions méditées dont on embellit les nouveaux parcs. Mais des scènes supposent des acteurs; & celles dont je parle, sont par leur nature désertes & inanimées; elles sont objet principal : tandis qu'au théâtre, elles sont ſeulement partie des Drames dont le but eſt d'occuper, & d'attacher à la fois les yeux, l'eſprit & le cœur.

Cette différence influe beaucoup plus qu'on ne penſe ſur l'effet des ſcènes qu'on diſpoſe dans les nouveaux parcs, quoiqu'on ne s'en rende pas compte.

Les ouvrages des Arts qui ne ſont pas animés par le mouvement & l'action, ou qui n'en rappellent pas ſenſiblement l'idée, intéreſſent peu de tems.

Le plus beau tableau de payſage a beſoin de ce ſecours pour attacher les regards; on y cherche des perſonnages; on veut qu'ils agiſſent, ou qu'ils ayent une intention marquée: on demande que l'air paroiſſe agiter les branches & les feuillages: on ſent du plaiſir en y voyant la chûte d'un torrent; & ſi le déſordre du ſit annonce l'effet de ſa rapidité, les idées de déplacement & de bruit ſe préſentent à l'imagination; & un image immobile supplée au mouvement.

Dans les scènes théâtrales des parcs les personnages manquent, ou ne se rencontrent que par hazard. L'air est le plus ordinairement calme lorsqu'on jouit du plaisir de ces spectacles. Les eaux, le frémissement des feuillages, ou le chant des oiseaux, sont les seules ressources contre le silence & l'immobilité. Aussi, les eaux sur-tout, y sont-elles de la plus grande nécessité: & plus elles sont animées, plus elles corrigent le caractere silentieux & morne des aspects même les plus artistement composés.

Je passe à la difficulté de faire ensorte que ces aspects soient agréables des différens points de vue, dont ils peuvent être apperçus.

Dans cette partie le Décorateur de jardins se rapproche du Sculpteur; car celui-ci composant une figure ou un groupe, emploie ſon génie à les rendre ſatisfaiſans pour la vue des différens côtés d'où l'on peut les conſidérer : mais le compoſiteur des ſcènes champêtres a un moyen de plus que le Sculpteur ; la liberté de tracer ſes routes, & de placer ſes repos.

C'eſt pour tirer parti de cette reſſource de ſon art qu'il courbe & dirige avec intelligence, ſes ſentiers. C'eſt à l'aide des ſinuoſités qu'il leur donne, qu'il éloigne ou rapproche le Spectateur, ſuivant l'intérêt de ſa compoſition ; & qu'il le fixe enfin par le repos qu'il a ſoin de lui offrir aux aſpects qui ſont les plus favorables à ſon ouvrage.

Paſſons aux matériaux que fournit la Nature pour former & embellir les ſcènes. Nous allons en faire l'énumération, & donner enſuite quelques élémens particuliers pour chacun d'eux.

Le terrein, les plans, l'expoſition, les arbres, les eaux, les eſpaces, les gazons, les fleurs, les aſpects extérieurs; on peut ajouter les rochers, les grottes, les accidens naturels.

Voilà ce que donne la Nature. Quant aux caractères qui réſultent des différentes diſpoſitions de ces matériaux, ils ſeroient nombreux; s'il étoit, comme dans les Romans & les Drames, des moyens de préparer aux impreſſions qu'on auroit deſſein de produire; ou ſi dumoins les ſcènes qu'on diſpoſeroit, ne devroient s'offrir qu'à des yeux clair-voyans, à des imaginations flexibles; & ſur-tout à des Spectateurs libres de ſoin & d'intérêts particuliers: mais de ces ſecours, les uns n'exiſtent pas, les autres ſe préſentent rarement. Il eſt donc plus ſûr en général de ſe reſtraindre à des caractères très-prononcés.

Le Noble, le Ruſtique, l'Agréable, le Sérieux ou le Triſte, ſont les plus faciles à faire reconnoître & ſentir, parce que la Nature en offre plus communément des modèles, ou qu'on en connoît des descriptions & des images. Il en est encore quelques autres comme le Magnifique, le Terrible, le Voluptueux; mais ils tiennent plus à l'idéal, & ils ont besoin de secours étrangers, & d'accessoirs qui appartiennent en propre à l'artifice & à l'industrie.

Un grand moyen de faire mieux sentir ces caractères, est de les opposer; mais ces oppositions qui ne peuvent être que successives, ne sont pas toujours possibles; & doivent être ménagées avec un artifice délicat, ou liées par des transitions ingénieuses. L'Art qui se montre détruit l'effet de l'Art.

J'ai promis quelques détails élémentaires sur les objets dont je viens de faire l'énumération; les voici.

DE LA NATURE DU TERREIN.

La nature du terrein doit contribuer essentiellement à déterminer le caractère de la scène. Fertile, il convient au noble & à l'agréable; moins fécond, au rustique, au sérieux ou triste: mais s'il n'est varié dans ses plans & par ses coupes, il produira peu d'effet. La variété des niveaux supplée en partie dans cet art, au défaut de mouvement; ainsi dans l'Architecture, les colonnes isolées & le jeu des plans produisent à chaque pas qu'on fait, des aspects différents: on se laisse tromper par cette diversité successive, comme l'enfant qui, porté par le courant d'un fleuve, croit que les objets qu'il apperçoit, changent de place, & sont animés.

Les variétés de plans, de coupes &

de niveaux, dont je parle, ſont préparées par la Nature, ou l'Art les ſupplée. Lorſqu'elles ſont naturelles, l'uſage qu'on en fait eſt non-ſeulement plus facile, mais il eſt encore bien plus heureux: car le plus ſouvent l'Art s'épuiſe en frais, & ſes efforts conſervent l'empreinte du factice par une certaine gêne qu'il ſurmonte difficilement, par l'épargne dans les dimenſions ou par l'affectation dans les contours & les formes.

DE L'EXPOSITION.

L'EXPOSITION eſt très-importante pour la jouiſſance & pour l'effet.

Les ſcènes que le Soleil éclaire favorablement, ſur-tout aux heures qui ſont plus ordinairement deſtinées à en jouir, reſſemblent à des tableaux expoſés au jour qui leur convient le mieux.

La maniere dont ils reçoivent la lumiere leur donne de l'éclat, & fait valoir leurs beautés. Dans cette partie le Décorateur de jardins doit voir en Peintre. Mais s'il ne l'eſt pas, il ne concevra pas dans toute ſon étendue, l'importance de ce principe.

DES ARBRES.

DES ARBRES.

Si l'on s'en rapporte à la ſeule Nature, les arbres ne doivent pas être diſpoſés à des diſtances égales, & ſur des lignes régulieres : c'eſt au hazard qu'ils ſe produiſent. Ce ſont des graines jettées au gré des vents, ou des rejettons qui les multiplient.

Par le premier moyen ils ſe trouvent placés ſans ſymmétrie ; par le ſecond ils ſe grouppent : & c'eſt ſe rapprocher du modèle qu'on ne doit point perdre de vue, que de le diſpoſer le plus ſouvent ainſi. Cette maniere de les préſenter eſt auſſi bien plus favorable à l'effet & à la variété. Les Peintres la ſaiſiſſent avec empreſſement; & s'ils n'y ſont abſolument contraints, ils ne repréſentent point des paliſſades, & des allées bien alignées.

Ceſt ici le lieu de dire que la pierre

de touche de la plupart des ſcènes pittoreſques qu'on diſpoſe dans les jardins ou dans les parcs, eſt le ſentiment qu'ils inſpirent aux Artiſtes.

Si la ſcène eſt digne d'être avouée par la Nature, le Peintre ſe recrie. Il deſire de l'imiter; & s'il l'imite, la repréſentation devient piquante & agréable.

La diſpoſition des arbres eſt cependant ſoumiſe à certains égards aux circonſtances, & à la deſtination des lieux où on les emploie. Le bon goût s'attache à certaines regles; le meilleur admet des exceptions & n'eſt point excluſif; mais ſoit qu'on emploie les arbres ſymmétriquement, ſoit qu'on les diſpoſe & qu'on les groupe d'une maniere pittoreſque; il eſt néceſſaire de bien prévoir l'effet qu'ils produiront, lorſqu'ils auront atteint leur groſſeur & leur élévation moyenne. Cette prévoyance indiſpenſable pour la réuſſite des effets exige encore une habitude de réfléchir ſur les proportions, & un tact qui a une grande liaiſon avec les idées de compoſition dans l'art de Peinture, puiſqu'il s'agit de maſſes, de rapports & de contraſte.

Il n'eſt pas moins néceſſaire, même en variant les eſpèces d'arbres & d'arbuſtes, de les choiſir convenables à la qualité du terrein. Ce ſoin contribue à l'effet, mais encore plus à la promptitude de la jouiſſance; il ajoute auſſi beaucoup à l'impreſſion qu'on a deſſein de faire naître. Une végétation facile, prompte & animée donne une idée de mouvement qui manque, comme je l'ai dit, le plus ordinairement aux ſcènes: elle rappelle auſſi les ſentimens attachés à l'abondance, à la richeſſe, à la force, à la bonté.

DES EAUX.

JE l'ai déja dit : les eaux donnent la vie aux ſcènes pittoreſques. Leur beauté principale eſt la limpidité. Leur grace eſt la liberté du mouvement : car la grace partout où elle ſe fait appercevoir, tient ſes charmes de la ſimplicité & de la franchiſe dans l'action ou dans le ſentiment. Ce qui eſt gêné, compliqué, forcé lui nuit, ou la fait diſparoître. Cependant on ſe plaît, direz-vous, à voir l'action convulſive des eaux qui ſortent avec effort des rochers, & ſemblent détruire avec violence les obſtacles qui leur ſont oppoſés. C'eſt qu'elles offrent l'image agréable de la liberté recouvrée : c'eſt le mouvement qui nous charme dans un enfant, lorſqu'un moment arrêté dans nos bras, tout-à-coup il s'échappe, & ſe dédommage par des tranſports, de la gêne où il étoit retenu.

Donner aux eaux le plus de mouvement libre qu'il est possible ; les présenter sous le plus grand nombre d'aspects ; les promener & les diriger de la façon la plus agréable pour engager à suivre leur cours, pour indiquer & préparer les différentes scènes ; voilà en général les moyens d'en faire l'usage le plus avantageux.

DES ESPACES.

LES eſpaces produiſent les découvertes & conduiſent les regards. C'eſt ce qu'on appelle l'air dans les tableaux.

Si les eſpaces ſont trop vaſtes, leur étendue nuit à la proportion des objets qui les terminent ou les environnent. Il y a dans la diſpoſition des jardins, comme dans l'Architecture, des relations & des proportions néceſſaires entre le vuide & le plein. Mais les vuides ou eſpaces ne doivent pas offrir des terreins nuds; la terre aride ou couverte de ſable, eſt l'objet le plus inanimé & le plus ſtérile en impreſſions : elle eſt hors de ſon état naturel. Les pelouſes, les gazons, les mouſſes, les eaux, les herbages de différentes eſpeces doivent ſervir à remplir & à varier les eſpaces & les vuides. D'ailleurs la vue qui s'étend a befoin d'être foulagée dans fon effort; & la couleur verte des gazons & des eaux eft amie des regards.

DES FLEURS.

On voit ordinairement les fleurs rassemblées, pressées, renfermées dans des compartimens symmétriques qui forment nos parterres.

La nécessité de rendre les arrosemens & les soins de leur culture faciles, a donné lieu à cette servitude qu'on leur impose.

Il en résulte quelquefois que leur abondance affoiblit l'impression qu'elles doivent produire; comme leur disposition symmétrique fait disparoître la variété qui leur est naturelle.

La Nature ne les rassemble pas ainsi; peut-être les seme-t'elle aussi trop au hazard; mais pour se rapprocher de son intention, & ajouter ce qui manque quelquefois dans son procédé; ménagez cet ornement, & n'en soyez point trop prodigue. Enrichissez de fleurs les endroits champêtres, vous les rendez piquants, en faisant rencontrer cette richesse dans des lieux où l'on ne s'attendoit pas à la trouver.

La culture recherchée des fleurs entraîne, sans doute des frais & des soins peut-être disproportionnés au plaisir qu'elles causent. Je ne traite pas ici de l'ordre économique des jardins, mais de l'art de les embellir. Il seroit possible en prodiguant des fleurs qui n'auroient pas le mérite quelquefois idéal de la perfection & de la rareté, d'émailler des prairies entieres d'une manière neuve, & de donner aux bords d'un ruisseau, dans une assez grande étendue, le caractère le plus agréable & le plus riant.

DES ROCHERS ET DES GROTTES.

Les rochers & les grottes peuvent être regardées comme des acceſſoires. Il eſt rare qu'ils ſe rencontrent naturellement dans les lieux qu'on décore. Ils peuvent cependant s'y trouver, & par cette raiſon ſervir de tranſition des objets naturels aux objets artificiels. Il faut néceſſairement avoir recours à des moyens de cette eſpèce, ſi l'on veut multiplier les caractères, & établir dans les ſcènes des nuances qui ajoutent à la variété.

DES CARACTERES.

Les caractères que j'ai désignés comme les principaux, sont premierement le Noble.

Il exige de vastes espaces, de la majesté dans les masses, de la grandeur dans les dimensions, des dispositions simples dans les plans, & sur-tout des effets larges, (pour me servir d'un terme de peinture.) Les petits détails doivent être sacrifiés; les objets mesquins, bannis; & les recherches apparentes, évitées avec soin.

J'opposerai à ce premier caractère le Rustique qui donne plus de liberté à la fantaisie. On peut y admettre les rochers & les grottes. Les coupes de terreins y peuvent être remplies d'accidens; les contours moins ménagés, moins relatifs les uns aux autres; la direction des arbres, l'entretien des gazons, le mouvement des eaux n'y demandent point une attention trop délicate.

Dans le caractère agréable, les détails faits pour être vus de plus près, les jouiſſances rapprochées, deviennent en quelque ſorte l'objet principal. Le champ du tableau, s'il étoit trop vaſte, nuiroit à l'impreſſion qu'on doit exciter. Les dimenſions du noble ſont grandes ; celles de l'agréable ſont moyennes. La ſatisfaction que produit ce caractère doit être rendue facile. Quelques objets artificiels peuvent y être admis, mais avec réſerve; car leur multiplicité affoiblit toujours l'idée de la Nature.

Le Riant eſt une nuance de l'agréable. Le mouvement des eaux, l'émail des fleurs, les découvertes où ſe préſentent des aſpects variés, point trop vaſtes, mais bien meublés; voilà ce qui eſt propre à le caractériſer.

Enfin le Sérieux, & sur-tout le Triste, excluent la plupart de ces agrémens. Ce dernier caractere doit être employé avec réserve, & comme opposition : il peut convenir aux ames mélancoliques ; mais cette affection est toujours la suite d'une indisposition de l'ame, ou d'un dérangement de l'organisation ; comme les situations tristes sont produites par les imperfections ou les désordres de la Nature.

J'ai dit qu'on pouvoit donner encore aux scènes des nuances plus méditées. On est obligé d'employer alors pour les désigner sensiblement, des objets absolument artificiels, & d'appeller au secours du pittoresque, le poétique & le romanesque.

DU POÉTIQUE.

Le poétique de ce genre de composition s'emprunte des mythologies, des usages & des costumes anciens ou étrangers.

Les mythologies Egyptiennes & Grecques représentoient la nature entiere, comme distribuée à différentes Divinités qui avoient des mœurs, des corteges, des palais, des temples, des cultes, & en quelque sorte des professions toutes différentes. Dans nos sociétés instruites on a sur ces mythologies des idées fort vagues, dont on s'occupe cependant avec plaisir, lorsque les Arts en rappellent de quelque façon que ce soit, le souvenir.

Dans les dispositions des scènes où l'on joint ce poétique au pittoresque, on a pour but de renouer, à l'aide de la mémoire des Spectateurs, quelques fils de ces idées; & de faire enforte qu'on fe croie un moment tranfporté dans des temps & des climats éloignés de nous. Mais il n'eft pas néceffaire d'entrer dans de grands détails pour faire fentir combien les moyens qu'emploie cette efpece de magie, font foibles; & quels obftacles, la plupart infurmontables, s'oppofent à leurs effets. Qu'on fe repréfente le peu de mobilité de la plupart des imaginations; le vague ou l'obfcurité des notions qu'on a généralement fur les coftumes & les mythologies anciennes; enfin les climats qu'on ne peut fuppléer, le caractère des lieux qu'on n'imite qu'imparfaitement, les productions de la terre qui ne font à notre difpofition que d'une façon bornée: on fentira combien l'entreprife eft peu proportionnée aux moyens.

Il refte pour reffource quelques édifices, quelques monumens, & des approximations de ſites & d'accidens par leſquels on s'efforce de rappeller les idées qu'on a en vue. On éleve donc des fabriques ; on place des figures ; on trace des inſcriptions ; & l'on a ſoin ſur-tout d'apprendre d'avance à ceux qu'on promene, le nom des Divinités dont ils vont rencontrer les temples & les demeures. Ces noms ſont écrits en gros caractères ſur les friſes ou les piedeſtaux, comme on grave ceux de quelques portraits qu'on ne reconnoît pas ſans ce ſecours.

Mais ſi ces acceſſoires poétiques peuvent ajouter au plaiſir des imaginations flexibles, & des hommes inſtruits ; convenons qu'ils n'offrent au plus grand nombre que des ſingularités. D'un autre côté, ſi ces acceſſoires ſont imparfaits, comme cela eſt le plus ordinairement ; ſi la négligence y regne ; ſi les proportions ſont incorectes ; les caractères mal exprimés, les dimenſions meſquines :

meſquines : l'appareil poétique devient puérile, & la prétention ridicule. Un Acteur ignoble ou mal habillé nous fait rire, lorſqu'il ſe préſente ſous le nom d'un héros.

Les Arts composés de la réunion de différens Arts ſont les plus attrayants dans la théorie, & les plus imparfaits dans la pratique. Enchanteurs pour l'imagination, ils raviſſent lorſqu'on ſuppoſe leurs effets. Le charme s'évanouit preſque toujours, au moment de l'exécution. L'enſemble, les détails, la vérité manquent; l'illuſion ne s'établit point : le factice ſe fait appercevoir, & plus la prétention a été grande, plus l'effet paroît ridicule. C'eſt ainſi qu'un homme qui annonce de grandes choſes, devient l'objet d'un mépris ironique, s'il ne tient pas ſa parole. L'imagination trompée ſe venge. L'exagération des promeſſes qu'on ne remplit point, produit un comique inévitable; & c'eſt un moyen qu'emploie toujours avec ſuccès le genre burleſque.

Les ſcènes poétiques, dont je viens de parler, font ſentir bien plus que les ſcènes ſimplement pittoreſques & paſtorales, le défaut de mouvement & d'action, défaut qui les rend froides ou ne leur permet qu'une impreſſion légère & fugitive. La perfection de ce genre demanderoit vraiſemblablement des pantomimes aſſorties. C'eſt ainſi qu'en Chine la partie intérieure du palais, où l'on exécute le ſpectacle d'une ville, eſt dit-on, remplie de gens qui repréſentent auſſi des habitans de tous les états : on y trouve toutes les occupations, & même tous les accidens civiles.

Sans cette pantomime, ou ſi l'on n'y ſuppléoit que par des figures inanimées, qui ne croiroit voir le ſpectacle d'une ville abandonnée, où dans laquelle Méduſe auroit porté ſes funeſtes regards ?

D'après cet exemple des Chinois qui fait voir combien il eſt naturel de joindre le mouvement aux ſcènes; il faudroit qu'aux momens deſtinés à jouir de celles où ſe trouvent des temples, des autels, des arcs de triomphe; une quantité de pantomimes vêtus ſuivant le coſtume néceſſaire, ſe montraſſent imitant des cérémonies; faiſant des ſacrifices; exécutant des danſes; allant porter des offrandes, ou formant des marches triomphales. Alors les ſcènes auroient des acteurs; & les ſpectateurs ſeroient intéreſſés par l'action & le mouvement.

Cette perfection doit être regardée comme impoſſible par une infinité de raiſons qui ſe préſenteront aſſez, ſans que je les mette ſous les yeux. J'apprends cependant par les remarques intéreſſantes d'un François, qui a porté dans ſes voyages les talens & la philoſophie néceſſaires pour jouir du ſpectacle du monde, & en rendre le récit utile & agréable : qu'en Allemagne un seigneur exécute dans ses domaines des pantomimes assorties aux scènes de ses jardins : ses vassaux ; ses domestiques, ses serfs dociles ou contraints se transforment au premier signal en Egyptiens qui célébrent des fêtes ; en Grecs, qui exécutent des jeux ; en Romains qui triomphent : mais quels Grecs ; quels Romains, quels triomphes ! & que ne faudroit-il pas pour imiter de nos jours ces grandes pantomimes ?

Si j'avois besoin d'un nouvel appui pour faire sentir la difficulé d'étendre jusqu'à une certaine perfection, le genre dont je parle ; je renverrois à l'ingénieuse critique d'un artiste Anglois, distingué par ses connoissaeces & ses talens.

Les jardins qu'il décrit, embrassent toute la Nature. Ils épuisent tous les genres, tous les effets; ils raſſemblent tous les êtres vivans; & ce n'eſt qu'aux Fées qu'il appartient ſans doute des les exécuter, & de les entretenir.

Mais je m'apperçois que ces idées de fiction & de féerie me ramenent naturellement à mon plan, & je vais continuer de le ſuivre en diſant quelque choſe du Romaneſque.

DU ROMANESQUE.

Le romanesque paroît offrir un champ plus vaste que le poétique dont je viens de parler : il embrasse en effet tout ce qui a été imaginé, & tout ce qu'on peut inventer encore. Mais par cette raison l'effet en est plus certain. Dans le nombre infini d'inventions romanesques, il n'en est qu'un petit nombre qui soient généralement répandues ; au lieu que les idées poétiques, dont la lecture des Auteurs anciens instruit la jeunesse, & qui sont continuellement reproduites par les Arts ; deviennent des conventions adoptées, & communes à tous ceux qui ont quelque instruction.

Les idées romanesques auxquelles il faut joindre la plupart des idées allégoriques, n'ont pas cet avantage : elles sont plus vagues, plus personnelles ;

elles appartiennent, pour ainsi dire, à chacun en propre; & elles tendent par ces raisons plus directement au déréglement de l'imagination, & aux égaremens du goût. Car il ne faut pas perdre de vue ce principe applicable à tous les Arts; que leurs productions sont d'autant plus sujettes aux atteintes du mauvais goût, qu'elles sont consacrées à des usages & des intentions plus personnelles. En effet il est certain que quiconque destine un ouvrage des Arts à être vu & apprécié par d'autres que lui; quiconque a pour objet d'obtenir une opprobation générale, tend naturellement à se rapprocher de la raison, de la nature & de cette perfection qui réunit le plus de suffrages.

Mais, pour revenir à mon sujet, je conviendrai que des dispositions extraordinaires, fondées sur des idées mêmes aſſez puériles, peuvent produire quelques momens d'une illuſion piquante.

Tel ſeroit, par exemple, un lieu très-ſauvage où des torrens ſe précipiteroient dans des vallons creux; ou des rochers, des arbres triſtes, le bruit des eaux répété par les antres multipliés, porteroient dans l'ame une ſorte d'effroi; où l'on appercevroit des fumées épaiſſes, des feux ſortant de quelques forges, de quelques verreries cachées; où l'on entendroit les bruits de pluſieurs machines, dont les mouvemens pénibles, & les roues gémiſſantes rappelleroient les plaintes & les cris des eſprits mal-faiſans. Ces images d'un déſert magique, d'un lieu propre aux évocations, auxquelles ſe joindroient les accidens & les ſons qui leur conviennent, préſenteroient un romaneſque auquel la pantomime même ne ſeroit pas néceſſaire. En effet l'imagination émue ſeroit prête à la ſuppléer; & dans l'inſtant où le jour s'obſcurciroit, où les ombres de la nuit répandroient la triſteſſe qui leur eſt propre, & les illuſions qui les accompagnent; peu s'en faudroit qu'on ne crût voir dans ce déſert des Démons, des Magiciens & des monſtres.

L'uſage que l'Art pourroit faire de ces ſortes de ſcènes, ſeroit ſur-tout d'ajouter par une préparation adroite, & une oppoſition forte aux charmes d'une diſpoſition abſolument différente : & ce contraſte rendroit plus délicieux, ſans doute, un tableau dont la volupté auroit choiſi, & compoſé tous les objets : mais ce caractère eſt un de ceux qui peuvent entrer daus la diſpoſition des lieux de plaiſance, dont je vais m'occuper.

DES LIEUX DE PLAISANCE.

POUR parvenir à ces lieux où l'agréable n'a plus de liaiſon avec l'utile ; il m'a fallu quitter cette ferme ornée bien plus intéreſſante, ſans doute, pour une ame naturelle & ſenſible. J'abandonne avec moins de regret, ces parcs dont les diſpoſitions ingénieuſes n'offrent le plus ſouvent que des jouiſſances imparfaites. Je me rapproche des Capitales ; ces foyers de mouvemens accélérés ; ces laboratoires où l'on compoſe des plaiſirs artificiels pour des hommes qui s'éloignent de la Nature. C'eſt-là que ſe trouvent en plus grande abondance que par-tout ailleurs, le ſuperflus communément ſi mal employé, le loiſir ſi ſouvent perdu, les paſſions imaginaires, les beſoins multipliés qui renaiſſent ſans ceſſe, les deſirs épuiſés qu'on s'efforce de rappeller, les prétentions qu'on donne & qu'on reçoit comme des qualités, ou des ſentimens réels : & voilà malheureuſement les maîtres, auxquels les Arts deſtinés pour de plus nobles uſages ſont trop ſouvent, parmi nous, contraints d'obéir.

Les lieux de plaiſance, faits pour n'être qu'agréables, ſont la plupart imités les uns des autres : ils ſe diſtinguent cependant, auſſi par quelques traits, ou quelques nuances du caractère & de l'état de ceux qui en ont ordonné les diſpoſitions & les ornemens.

Les grands & ceux qui cherchent à leur reſſembler, y font parade d'un faſte qui flatte leur vanité, & nuit à leurs amuſemens. La plupart de leurs maiſons de plaiſance ſont des habitations dont la maſſe & l'étendue repouſſent loin d'eux la Nature, qu'ils ont eu deſſein de venir chercher dans des campagnes riantes. Il faut à ces demeures des acceſſoires ſans nombre. Elles deviennent de petites villes peuplées d'habitans la plupart inutiles, & remplies de la même foule d'importuns & de déſœuvrés qui pourſuivent par-tout la faveur, la richeſſe ou la puiſſance.

Il eſt une autre claſſe d'hommes, moins entraînés par les idées du faſte, que par celles d'une ſenſualité recherchée : ceux-ci veulent que l'imagination & les ſens excités par des diſpoſitions, des aſſemblages d'objets, des perfections peu communes, trouvent dans les lieux où ils ſe dérobent à la ſociété pour ſe livrer à leurs penchans, tous les charmes de la volupté. Mais les deſirs exagérés ne peuvent être ſatisfaits; les reſſources des Arts, celles des caprices & de la prodigalité même s'épuiſent, & les infortunés Sybarites languiſſent & pleurent dans leurs jardins délicieux.

Il eſt enfin des hommes modérés qui occupent leur loiſir à décorer des lieux que la Nature a préparés pour être intéreſſans ſans recherche, & agréables ſans magnificence. Je dirai quelque choſe de ces différens caractères, en commençant par les lieux de plaiſance où le faſte domine.

Le nom de grand, que je vais enviſager ici ſous l'aſpect de la repréſentation qui y eſt attachée, déſigne aujourd'hui, dans preſque toutes les ſociétés de l'Europe, un état factice; quelquefois auſſi aſſervi qu'il paroît indépendant; auſſi ſouvent obéré qu'il paroit opulent; plus à charge qu'utile, & plus impoſant qu'heureux. La vanité oſtenſive eſt la baſe de ſa pantomime & cette pantomime ſemble ordinairement avoir pour but de montrer plus de ſupériorité de puiſſance & de richeſſes que d'intelligence & de vertus. Auſſi, oſons le dire, le luxe des grands, contraire en général au bon goût, & trop ſouvent à la décence, répand & autoriſe les égaremens des Arts, & la corruption des mœurs. Une funeſte imitation à laquelle ils donnent lieu, communique cette vanité à tous les ordres: & dans les ſociétés où ſe trouve l'excès des loiſirs & des richeſſes, on la voit partager avec la perſonnalité le droit d'égarer trop ſouvent les eſprits & les cœurs. En effet le bon goût & les véritables convenances ne doivent-ils pas perdre également leurs droits, & ſur ceux qui s'iſolent par l'effet de la perſonnalité, & ſur ceux qui ne ſe mettent en ſpectacle, que pour ſatisfaire leur orgueil? Les uns ſacrifient les bienſéances & les ſentimens qui rapprochent les hommes, à des penchans particuliers qui les en ſéparent; les autres ne ſe plaiſent que dans l'étalage d'un faſte qui corrompt ou qui bleſſe. Auſſi parcourez l'Europe, & voyez la plupart de ces hommes ſe conſtruire des demeures ? La richeſſe y ſera prodiguée, mais les juſtes rapports des objets entr'eux, & ſouvent même leur rélation avec les uſages auxquels on les deſtine, ſeront oubliés. C'eſt à des fantaiſies épidémiques, ou à des caprices momentanés, que ſeront ſoumis les Arts qu'ils employeront. Que ces hommes diſpoſent & décorent des lieux de plaiſance ? L'induſtrie s'épuiſera pour raſſaſier des deſirs vagues, & pour remplir des intentions bizarres. Ce bon goût, ſoutien des beaux Arts, qui auſſi fidéle à la Nature que nos anciens Chevaliers l'étoient à la Dame de leur penſée, ne s'occupe que du plaiſir d'honorer tour à tour les beautés dont elle eſt douée, ou de la gloire de les mettre ſous le jour le plus favorable, ce bon goût ſera contraint de céder à l'artifice péniblement induſtrieux qui ſe plaît dans la ſingularité; & le *méchanique* l'emportera partout ſur le *libéral*. On verra donc dans les jardins, les ornemens factices préférés aux agrémens naturels. Les arbres ſeront ſoumis à des formes & à des uſages qui les défigurent. On les rendra, par des ſoins ridicules, ſemblables à ces hommes diſgraciés dont le corps & les différentes parties n'ont aucune proportion entre elles. Les branches & les feuillages mutilés & transformés en plafonds, ou en murs, n'oſeront végéter que ſous les loix du fer; des diſtributions ſemblables à celle des appartemens reproduiront, en plein air, des ſalles, des cabinets, des boudoirs, où ſe trouvera le même ennui qui remplit ceux que couvrent les lambris dorés. L'eau ſtagnera dans des baſſins ronds ou quarrés;

quarrés; elle ſera empriſonnée dans des tuyaux, pour attendre quelques inſtans de liberté de la volonté du fontainier. Le marbre qui prétendra ennoblir par la richeſſe ce qui dans la Nature eſt bien au-deſſus de la ſomptuoſité, s'y montrera ſouvent dans un état de dépériſſement, qui contraſte avec ſes prétentions à la magnificence. Le triſte bronze y ternira l'émail riant des fleurs. Des vaſes ſans nombre, des ſtatues imparfaites, mutilées ou placées à l'avanture, ſans égard pour le caractère du lieu, pour la proportion de l'eſpace qui les contient ou des maſſes qui les appuient, y reſſembleront à des ſerviteurs inutiles & difformes, qui par un faſte mal-entendu embarraſſent les appartemens d'un palais.

Cependant, dans quelques coins oubliés, la Nature encore hazardera d'uſer de ſes droits à la liberté; & s'il arrive que ces arbres, tourmentés par le fer & le niveau, vieilliſſent, ils acquérront, en dépit de leurs tirans, des porportions grandes, nobles & robuſtes. Alors, parvenus à élever leurs cimes au-deſſus de la portée des échelles & des croiſſans, ils reprendront les traits de cette beauté majeſtueuſe & pittoreſque qui appelle & fixe les regards. C'eſt alors que de larges allées, devenues de ſuperbes galeries, formeront leur voûte au ſommet des airs. Les branchages étendus ſans gêne, s'approcheront à leur gré, s'entrelaſſeront ſans contrainte, & ſe feront juſtement admirer par des effets que l'art ne peut imiter. D'une autre part, ſi la ſervitude que s'impoſe ordinairement la vanité, admet le public dans ces lieux où le ſilence & la paiſible ſolitude n'inſpireroient à leurs poſſeſſeurs que les idées d'abandon & d'ennui ; une foule d'acteurs de tout rang, de tout âge, vêtus d'habillemens variés, rempliront ces galeries, & donneront le mouvement à la scène, par une pantomime animée. Mais la Nature n'a-t-elle pas droit de réclamer tout l'honneur de ce spectacle, si les arbres qui l'embellissent, n'ont repris leur majestueuse parure qu'en recouvrant leur liberté; & si le mouvement qui l'anime n'est dû qu'à ce concours d'acteurs qui viennent librement y jouer leur personnage ?

Au reste, on sentira aisément que ces sortes de scènes conviennent principalement aux jardins publics des villes, & même à ceux des principales maisons des Rois & des Princes. Mais la publicité exclut les soins agréables, les détails de propreté, & les ornemens faits pour être ménagés; aussi plus les lieux de plaisance dont je parle, sont éloignés des Capitales, plus ils ſe rapprochent naturellement du caractere qui leur convient le mieux. Premierement, parce que la Nature eſt plus reſpectée à meſure qu'elle eſt plus diſtante des grands foyers du factice. Secondement, parce que les poſſeſſeurs même, en s'en éloignant, abandonnent, ſans s'en appercevoir, quelques-unes des conventions établies par l'orgueil. Les ſpectateurs étant moins nombreux, on ſe croit obligé à moins d'efforts dans la repréſentation. C'eſt ainſi que les acteurs jouent d'une maniere plus libre, lorſque la ſalle du ſpectacle n'eſt qu'à moitié remplie, & n'en ſont que plus naturels, & ſouvent meilleurs. Ce n'eſt pas tout; les lieux moins fréquentés invitent à ces ſoins que l'inconſidération du public rend inutiles. Ce ſeroit donc là que le pittoreſque & le poétique devroient être employés avec une intelligence relative aux Arts qui en font leur objet.

Ces lieux de plaiſance demandent à être vaſtes, fertiles, peu uniformes dans leurs plans. Il eſt eſſentiel qu'il s'y trouve des eaux abondantes & libres, des prairies, des bois, des côteaux.

Un lieu vaſte exige à la vérité des moyens artificiels de le parcourir, & des ſoins multipliés & diſpendieux pour l'entretenir; mais les poſſeſſeurs que je ſuppoſe, jouiſſent des moyens attachés à leur rang ou à leurs richeſſes.

Des diſtributions caractériſées peuvent donc s'étendre aſſez pour occuper des promenades entieres, & fournir aux amuſemens de pluſieurs journées.

Des ſites un peu ſauvages & dénués d'ornemens, en n'inſpirant que des idées champêtres, prépareroient à trouver le plaiſir de l'oppoſition ou du contraſte dans des ſcènes plus ſoignées.

Des enclos deſtinés à raſſembler

les fleurs les plus choisies, se joindroient à des ménageries d'animaux rares. Des serres où l'art de la culture flatte la vanité en faisant pour elle violence à la Nature, serviroient à préparer le plaisir qu'on goûteroit une autrefois à parcourir d'antiques futayes dont les ombrages négligés, les routes naturelles & les tapis de mousses répandus au hazard, ne devroient rien à l'artifice.

Dans d'autres lieux, des côteaux offriroient à la curiosité de vastes découvertes : ici des lacs étendus & paisibles inviteront à se fier à leurs eaux limpides, & les barques seront préférées aux caleches pour goûter le charme si sensible du changement. Des ruisseaux, dont les sinuosités engagent la mollesse à un exercice devenu nécessaire, détermineront des promenades où l'on n'employera aucuns secours étrangers.

Des effets d'eaux vives se rencontreront dans des lieux écartés; & ces eaux y feront d'autant plus admirées, que plus indépendantes des soins du fontainier, ou de la fragilité des machines, elles ne feront point appercevoir par un limon fétide, qu'elles étoient emprisonnées dans d'obscurs canaux.

Mais si dans ces détails, quelques embellissemens des parcs modernes semblent se reproduire & confondre les caractères que j'ai distingués, il faut observer que les idées nouvelles d'après lesquelles on décore ces parcs, se rapprochent en effet de celles qui conviennent essentiellement aux vastes lieux de plaisance; cependant ceux-ci admettent un artifice plus sensible & des richesses plus prodiguées. Il y faut même d'après le caractère des possesseurs que je suppose, plus d'effort pour fournir des motifs d'action à la molesse, & des ressources contre le désœuvrement; auſſi peut-on avancer que ſi la connoiſſance des Arts eſt néceſſaire aux décorateurs de jardins, celle des mœurs ne leur ſera pas abſolument inutile.

Au reſte, je vais eſſayer de rendre plus ſenſibles les nuances principales de ces divers établiſſemens.

Dans ceux de campagne, l'utile doit prévaloir abſolument ſur l'agréable, & former la baſe du plaiſir qu'on s'y prépare.

Dans les parcs, l'utile doit prêter des ſecours à l'agrément, & l'Art doit être ſubordonné généralement à la Nature.

Dans les lieux de plaiſance, l'Art peut s'arroger le droit de ſe montrer avec moins de réſerve.

Enfin dans les jardins deſtinés à des ſenſations plus délicates & plus recherchées, l'artifice & la richeſſe employés à des effets ſurnaturels & à des prodiges, s'efforcent de l'emporter ſur la Nature.

Mais pour revenir encore un inſtant à des notions primitives & ſimples; dans quelque diſpoſition de promenades & de jardins que ce ſoit, le premier principe eſt d'entre-mêler ſans ceſſe les motifs de curioſité qui engagent à changer de place aux objets qui attachent & qui invitent à s'arrêter.

C'eſt, je le répéte, par le pittoreſque qu'on parvient plus ſûrement à remplir ces deux obligations principales.

Auſſi, des Arts connus, celui qui a plus de relations d'idées avec l'Art des jardins, c'eſt celui de la Peinture.

L'Architecture s'en eſt cependant preſque toujours occupé juſqu'ici, & il étoit aſſez naturel que ne regardant pas les jardins comme ſuſceptibles d'une certaine perfection *libérale* qu'on y deſire aujourd'hui, l'Artiſte à qui l'on confioit le ſoin des édifices, fût chargé de ce qui ne ſembloit n'en être que les accessoires. D'ailleurs on appercevoit une relation, en apparence assez fondée ; entre les formes adoptées pour les jardins, & celles qu'employoit l'Architecture ; mais on ne faisoit pas attention à la différence, qu'apporte dans les deux Arts, la seule nature des plans sur lesquels ils s'exercent.

L'Architecte, dans la partie libérale de son Art, a pour objet de rendre agréable toutes les parties d'un plan vertical.

Le décorateur de jardins exerce ses talens pour embellir un plan horizontal.

Le premier doit satisfaire le plutôt & avec le moins d'efforts possibles le spectateur qui ne destine à son plaisir que des regards & quelques momens.

Le second ne doit découvrir que l'une après l'autre, les beautés de son ouvrage à ceux qui consacrent à cette jouissance des heures entieres.

D'après des intentions ſi différentes, les plans ſimples, les formes ſymmétriques, les proportions faciles à ſaiſir, les maſſes régulieres ſeront préférées par l'Architecte; tandis que les plans miſtérieux, les formes diſſemblables; les effets plus apperçus que leurs principes, les accidens qui combattent la régularité offriront les moyens les plus favorables au décorateur. La préciſion du trait, la propreté des détails ſeront les recherches de l'Architecture; une certaine indéciſion pleine d'agrémens, cette négligence qui ſied ſi bien à la Nature ſeront les fineſſes de l'Art des jardins.

Il faut encore obſerver que les diſpoſitions de jardins, projettées par l'Artiſte dans la retraite du cabinet, entraînent à la regularité & à la ſymmétrie. On eſt porté en travaillant ſur un papier bien uni, à rendre réguliere la ſurface d'un terrein qui ne l'eſt pas; à le diviſer en lignes qui se croisent méthodiquement, en compartimens répétés ; à y tracer des allées bien droites, des parties circulaires, des demi-lunes, des étoiles ; qu'arrive-t-il de cet ouvrage exécuté avec toute la régularité & la propreté possibles ? le spectateur apperçoit, devine & ne sent plus qu'un foible desir de changer de place. Un vaste édifice plaît par l'étendue même de sa masse, un parterre immense, des allées qui ne finissent point, étonnent ; mais ce plaisir ne dure que quelques momens : on délibere si on s'engagera à arpenter ces grands espaces qu'un regard seul a déja parcourus. L'entreprend on ? à moins qu'on ne soit entraîné par la réverie, ou distrait par la conversation ; on s'ennuie de ces dimensions vaste & uniformes, & l'on se croiroit volontiers dans le cours de cette tâche pénible que rien n'engage à accélerer ou à rallentir, semblable à un homme qui remueroit alternativement les jambes, ſans faire un pas.

Rapprochons-nous du Peintre, & voyons quelles idées relatives à ſon art doivent naturellement dominer dans ſon eſprit s'il s'occupe à décorer un jardin; la Nature, objet de ſes obſervations habituelles & de ſes études journalieres, ſe préſentera continuellement à lui, enrichie de ſes variétés, embellie par ſes oppoſitions, ſes accidens & ſes effets. Le mouvement, cet eſprit de la Nature, ce principe inépuiſable de l'intérêt qu'elle inſpire, lui fera deſirer ſans ceſſe d'animer le payſage qu'il diſpoſera. Des diſtributions de lignes paralleles ſur un plan horizontal, bien uni, paroîtront ſi froides & ſi peu intéreſſantes à ſon imagination, qu'incapable de s'en occuper long-tems, il ira chercher ſur le terrein, des inégalités & des accidens qui lui inſpirent des idées plus piquantes

& plus pittoresques : s'il les rencontre ; il se gardera bien de les détruire par des nivellemens & des travaux chers & nuisibles au plaisir qu'on veut se procurer. Des groupes de vieux arbres se rencontrent-ils ? il demandera grace pour eux ; il emploiera dans ses dispositions, leur ombrage nécessaire pour ne pas dépendre entiérement du tems que l'artifice & la dépense ne forcent pas plus de hâter son cours, que les voeux & les desirs des hommes ne parviennent à le rallentir. Une source n'inspirera jamais à l'Artiste le projet d'un canal alligné, ou d'un miroir à pans égaux. Mais il y verra le moyen de former un ruisseau dont la fraicheur, les douces sinuosités & le mouvement lui préparent des aspects agréables, & des effets qu'il se promêt déja de peindre. S'il emploie enfin des objets factices, s'il place un temple, une pyramide, des statues, des vaſes, des rampes, des baluſtrades, il en méditera l'uſage; il proportionnera ces acceſſoires au caractère de ſa compoſition, aux ſites, aux maſſes qui les accompagnent, aux objets qui les avoiſinent, à l'eſpace vuide d'où ils ſont vus, aux aſpects de la lumiere, aux repos qu'il méditera d'offrir pour qu'on en jouiſſe plus parfaitement. Il ne prodiguera rien, parce qu'il ſait que dans les Arts, la profuſion des ornemens indique la ſtérilité du génie, comme la prodigalité des richeſſes marque le vuide de l'ame.

S'il eſt chargé de décorer d'une maniere poétique & intéreſſante quelque partie d'un vaſte lieu de plaiſance pour ces hommes, qui, diſtingués par le rang ou la richeſſe, le deviennent bien davantage, lorſque dans leurs amuſémens même, ils favoriſent les Arts & honorent les vertus & les talens : il ſe rappellera l'image que Virgile nous a tracée de ces beaux lieux où les héros & les ſages trouvoient un repos & un bonheur mérités par des bienfaits, des travaux & des peines.

Un grand eſpace, varié dans ſes plans, diverſifié dans ſes contours, ſeroit le lieu de la ſcène. Les gazons ſoignés s'y trouveront d'autant mieux placés qu'il s'agira de repréſenter un lieu diſpoſé par un pouvoir ſurnaturel, & que l'uniformité même de cette belle verdure & l'égalité de ſa nuance contribueront à l'impreſſion douce & ttanquille qui convient au ſujet.

Des boſquets toujours verds couronneront les élévations du terrein, des arbres groupés & diſpoſés de maniere que l'œil pénétre ſous leurs ombrages, orneront différentes parties du vallon; ils étendront leurs branches ſur les bords d'une riviere qui, ſemblable au Lethé, promenera ſes eaux paiſibles ſans troubler le repos de cette belle ſolitude.

solitude. Il n'est pas nécessaire que l'onde ait un mouvement trop animé. Son rythme doit s'assortir à une harmonie douce & tranquille : les rives seroient ornées de fleurs choisies & distribuées sans profusion.

Dans des lieux apparens, s'offriroient les statues des hommes célebres exécutées avec assez d'art & de soin, pour qu'après avoir inspiré le desir de les considérer, on se sentît élevé par leur perfection de l'idée de l'image à celle du sage & du héros.

Les statues seroient isolées & droites, quelques-unes assises ou groupées. On auroit hazardé de ne les pas exhausser sur des pieds-d'estaux dont le plan retréci rend leur immobilité trop sensible. Les unes seroient posées sur des socles peu élevés; d'autres assises sur des lits antiques & sous des portiques ouverts paroîtroient s'entretenir.

On oseroit peut-être representer dans

les routes quelques héros à cheval, ou sur des chars; les terres de gazons serviroient à placer à leur point de vue & à disposer pittoresquement ces compositions : les masses de feuillages & les groupes d'arbres leur formeroient des appuis & des oppositions : le marbre blanc dont elles seroient formées ajouteroit par sa couleur même aux convenances d'un lieu où l'on doit s'attendre à rencontrer des ombres. Quelques temples, quelques autels consacrés aux vertus, aux sciences, aux Arts, aux sentimens agréables, mettroient de la richesse & de la diversité dans les aspects. Des inscriptions & des passages choisis & courts, gravés sur les arbres ou sur des colonnes & des obélisques entretiendroient l'impression que l'ensemble auroit inspiré, c'est-à-dire, une mélancolie douce, une distraction agréable dans lesquelles se confondroient des sentimens nobles

& élevés où se mêleroit le souvenir & la réalité, où le moral soutiendroit le poétique, & où l'un & l'autre enfin donneroient au pittoresque tout l'intérêt dont il est susceptible.

On aimeroit sans doute à errer dans cet Elisée dans lequel entouré des hommes les plus célébres le seul desir d'être digne d'habiter avec eux seroit un pas vers la vertu.

Le compositeur de cette scène se garderoit d'y rien placer qui n'y convînt. On n'y verroit pas le mauzolée d'un chien favori, ni le monument élevé à la mémoire d'un oiseau. Les treillages, les métaux choisis, les couleurs brillantes, les terres & les émaux précieux seroient réservés pour des décorations consacrées, plus particulièrement aux délices des sens, qu'aux plaisirs de l'ame.

C'est dans celles-ci que l'éclat & le parfum des fleurs, le jour tempéré des ombrages, les mouvemens variés des eaux s'uniroient à l'élégance des formes & à la recherche des matières.

Des compartimens ingénieux, des pilaſtres peints ou dorés ſerviroient de fond & d'appui aux roſiers, aux chevrefeuils, aux jaſmins, & à tous les arbuſtes odoriférans. Les orangers de toute eſpece environneroient un temple où Vénus pourroit oublier un inſtans Paphos & les voluptés d'Amathonte. Les eaux deſtinées pour l'uſage de ces boſquets y rouleroient ſur le marbre & le porphire, l'or & le bronze y étaleroient la magnificence des couleurs & la perfection du poli. Si des ſtatues y décoroient des niches, elles repréſenteroient ces beautés célébres dont les charmes ont fait conſerver la mémoire, & dont la mémoire rappelle ſans ceſſe les droits de la beauté.

Mais j'apperçois que ce changement de nuance & de caractere dans les tableaux que je trace m'a conduit aux embelliſſemens les plus recherchés. Devrois-je m'arrêter à cet emploi dangereux d'un Art que j'ai conſidéré comme faiſant partie des Arts libéraux ? Peut-on d'ailleurs ſoumettre à des principes généraux ce qui n'a de rapport qu'à des penchans perſonnels, à des goûts factices, & à des caprices qui ſouvent approchent du délire ? C'eſt dans ces aziles abſolument romaneſques que l'Art, miniſtre des égaremens de l'imagination, affecte, comme je l'ai dit, de maîtriſer la Nature. Les jardins d'Alcine & le palais d'Armide ſont les modèles qu'il s'efforce d'imiter, c'eſt à Sybaris qu'il faut ſe tranſporter ; c'eſt aux enchantemens qu'il faut avoir recours. Auſſi dans ces lieux de féerie, les artifices & les prodigalités l'emportent ſur des perfections meſurées dont le naturel & la ſimplicité ſeroient les baſes. Les uſages ſenſuels de tous les tems & de toutes les Nations y diſputent entr'eux le prix de la volupté; on y trouve des bains, des tentes, des kioſques, des pavillons Chinois; c'eſt là que des jardins, environnés d'abris tranſparens, échauffés par des feux inviſibles; offrent dans leur température graduée les fleurs, les arbriſſeaux, les fruits de toutes les ſaiſons; dans celle même où l'on ſe voit entouré de glaces & de frimats, on y combat les obſtacles, on y prévient les contrariétés, on y prévoit les beſoins, & l'on y excite les deſirs.

Tous les objets ſe plient aux uſages commodes, agréables & ſenſuels. Les gazons y formeront des ſophas & des lits, les arbriſſeaux & les fleurs des feſtons, des couronnes, des chiffres, des guirlandes; les eaux y produiront des ſons modulés, ou mettront en mouvement des machines cachées dont les accords doux & sensibles exciteront les oiseaux à redoubler leur ramage, les eaux y mêleront leur bruit, elles s'y substitueront à la gaze pour servir de rideaux à des cabinets disposés contre la chaleur, elles se feront jour à travers des tables pour décorer les desserts, elles y prendront la forme de vase pour renfermer des lumieres qui brilleront dans le calme des belles nuits du double éclat dont se trouvent susceptibles des élémens contraires qu'un pouvoir surnaturel paroît unir.

Mais ce que tant d'artifice & de recherche ne pourront créer, c'est le plaisir pur que ne trouble point le remords, que ne trahit point la langueur, que ne détruit point la sassiété, le bonheur enfin dont on s'éloigne d'autant plus qu'on multiplie les efforts pour l'atteindre. La réserve du bon goût ne l'éfarouche point; il s'accroît par les occupations agréables de l'esprit, par l'emploi des talens & les charmes des beaux Arts; mais si vous les égarez, si vous les corrompez ces Arts, si vous les assujettissez aux caprices de la personalité & aux délires des passions, si vous leur accordez trop d'ascendant sur ce bonheur, si l'ame énervée leur dit : faites-moi donc sentir, penser, exister, sortir de l'apathie où je suis absorbé, leur pouvoir s'épuise par leurs propres efforts, & rien ne peut leur rendre les droits naturels qu'on leur a fait perdre.

Après avoir repris par ces réflexions la trace de mes principes il me sieroit mal de m'arrêter encore aux abus que je condamne. Mais je ne dois pas terminer cet ouvrage sans dire quelque chose de ces lieux de plaisance des particuliers qui restraints dans leurs moyens; à l'abri par leur état du faste & de la grandeur chimérique occupent quelques momens de loiſir à diſpoſer un ſéjour qui plaiſe à des amis ou à des hôtes que les Arts & la Nature intéreſſent.

Dans ces établiſſemens, le choix des ſituations & l'agrément des entours ſont néceſſaires. L'art de joindre en apparence les eſpaces extérieures au terrein qu'on occupe eſt important. C'eſt ainſi qu'on agrandit ſans frais les poſſeſſions, & qu'on ſe ſouſtrait aux dépenſes inévitables qu'exigent des lieux trop étendus. Car le genre d'établiſſement dont je parle ne comporte pas de vaſtes dimenſions, & doit fuir les grande dépenſes. Ces entretiens onéreux qui renaiſſent ſans ceſſe, & ces ſecours qui ſont néceſſaires pour ſe tranſporter au loin, ne ſont pas compatibles avec l'état modeſte que j'ai en vue. Occuper peu de place, en changer rarement, voilà les principes de la modération.

C'eſt parmi nous un des plus grands obſtacles au bon ordre moral, à la perfection du goût & à la douceur des jouiſſances que ce deſir d'uſurpation des états les uns ſur les autres.

Emulation pernicieuſe, vanité mal entendue, efforts deſtructifs qui anéantiſſant les proportions relatives des claſſes, les meſures des moyens, les convenances de la ſociété; ne produiſent au lieu de ſatisfactons réelles que des gênes intérieures, des embarras dans les fortunes, des apparences très-incomplettes de plaiſirs & de bonheur, & des repréſentations toujours fauſſes qui ne trompent perſonne. Mais pour revenir à mon ſujet, la propreté, l'ordre, la variété, des eaux naturelles, des ombrages embellis par la fécondité du ſol, des motifs d'intérêt économique moins importans que ceux des grands établiſſemens, des diſpoſitions heureuſes de terrein aidées par un art bien entendu ſans prodigalité & ſans efforts demeſurés; voilà les élémens de ce genre; élémens qui peuvent ſe combiner avec une variété inépuiſable; ſurtout ſi l'on s'appuie ſur la Nature & ſi l'on ſe refuſe à une ſervile imitation.

Vouloir particulariſer ces combinaiſons infinies eſt une entrepriſe impoſſible. Chaque ſituation, chaque terrein peuvent fournir des embelliſſemens qui leur ſoient propres & relatifs à leur caractère. Je me contenterai de placer ici deux tableaux de ce genre qui offriront peut-être quelque agrément par leur diverſité.

Le premier eſt la deſcription que fait un ſage Chinois du jardin qu'il a pris plaiſir à diſpoſer pour y jouir des charmes de la Nature, des douceurs de l'étude & du commerce d'une ſociété choiſie.

L'antre est une lettre dans laquelle un François trace à son ami la peinture d'une retraite destinée aux mêmes usages.

LE JARDIN CHINOIS.

QUE d'autres bâtiſſent des palais pour renfermer leurs chagrins & étaler leur vanité, je me ſuis fait une ſolitude pour amuſer mes loiſirs & cauſer avec mes amis. Un petit nombre d'arpens de terre ont ſuffi à mon deſſein. Au milieu eſt une grande ſalle où j'ai raſſemblé des livres pour interroger la ſageſſe & converſer avec l'antiquité. Du côté du midi on trouve un ſallon au milieu des eaux qu'amene un petit ruiſſeau qui deſcend des colines de l'occident. Elles forment un baſſin profond d'où elles s'épandent en cinq branches comme les griffes d'un léopard, & ſur leur ſurface des cignes innombrables nagent à l'envi & ſe jouent de tous côtés.

Sur le bord de la premiere branche qui ſe précipite de caſcades en caſcades, s'éleve un rocher escarpé dont la cime, recourbée & suspendue en trompe d'éléphant, soutient en l'air un cabinet ouvert destiné à prendre le frais & à voir les rubis dont l'aurore couronne le soleil à son lever.

La seconde branche se divise à quelques pas en deux canaux qui vont serpentant autour d'une gallerie bordée d'une double terrasse, dont une palissade de rosiers & de grenadiers forme le balcon festoné. La branche de l'ouest se replie en arc vers le nord d'un portique isolé, où elle forme une petite isle. Les rives de cette isle sont couvertes de sables, de coquillages & de cailloux de diverses couleurs. Une partie est plantée d'arbres toujours verds, l'autre est ornée d'une cabanne de chaume & de roseaux, semblable à celles des pêcheurs.

Les deux autres branches semblent tour-à-tour se rechercher & se fuir en ſuivant la pente d'une prairie émaillée de fleurs dont elles entretiennent la fraîcheur. Quelquefois elles ſortent de leur lit pour former de petites napes d'eau encadrées dans un frais gazon ; puis elles quittent le niveau de la prairie & deſcendent par des canaux étroits. Là elles s'engouffrent & ſe briſent dans un labirinthe de rochers qui leur diſputent le paſſage. Là elles mugiſſent, elles écument & fuient en onde argentine dans les tortueux détours, où elles ſont forcées de ſe précipiter.

Au nord de la grande ſalle ſont pluſieurs cabinets placés au hazard, les uns ſur des monticules qui ſurmontent d'autres hauteurs, comme une mere s'éleve au-deſſus de ſes enfans, les autres collés à la pente d'un côteau ; pluſieurs occupent les petites gorges que forme la colline, & ne ſont vus qu'à moitié. Tous les environs ſont ombragés par des boſquets de bamboux touffus entrecoupés de ſentiers ſablés où le ſoleil ne pénétre jamais.

Du côté de l'orient s'ouvre une petite plaine diviſée en plates-bandes quarrées & ovales qu'un bois de cedres antiques défend des froids aquilons. Ces plates-bandes ſont remplies de plantes odoriférentes, d'herbes médecinales, de fleurs & d'arbriſſeaux. Le printems & les vents agréables ne ſortent jameis de cet endroit délicieux. Un petit bois de grenadiers, de citronniers & d'orangers toujours chargés de fleurs & de fruits, en termine le coup d'œil à l'orizon, & le ſépare du reſte des jardins au midi. Dans le milieu eſt un cabinet de verdure où l'on monte par une pente inſenſible qui en fait pluſieurs fois le tour, commes les volutes d'une coquille, & qui arrive, en diminuant, au ſommet du

tertre

tertre ſur lequel il eſt placé. Les bords de cette pente ſont tapiſſés de gazons qui forment des ſiéges de diſtance en diſtance pour inviter à s'aſſeoir & à conſidérer le parterre ſous les différens points de vue qu'il peut offrir.

A l'occident, une allée de ſaules à branches pendantes, conduit au bord d'un large ruiſſeau qui tombe à quelques pas du haut d'un rocher couvert de lierre & d'herbes ſauvages de diverſes couleurs. Les environs n'offrent qu'une barriere de rochers pointus, bizarrement aſſemblés, qui s'élevent en amphithéâtre d'une manière ſauvage & ruſtique. Quand on arrive au bas, on trouve une grotte profonde qui va en s'élargiſſant peu-à-peu, & forme une eſpèce de ſallon irrégulier, dont la voûte s'élève en dôme. La lumière y entre par une ouverture aſſez large, d'où pendent des branches de chevrefeuille & de vigne ſauvage. Ce ſalon eſt un aſyle contre les brûlantes chaleurs de la canicule. Des rochers épars çà & là, & des eſpèces d'eſtrades creuſées dans l'épaiſſeur de ſon enceinte, en ſont les ſiéges. Une petite fontaine qui ſort d'un des côtés, remplit le creux d'une grande pierre, d'où elle tombe en petits filets ſur le pavé; là, après avoir ſerpenté entre les fentes qui l'égarent, ſes eaux ſe réuniſſent dans un réſervoir préparé pour le bain.

Ce baſſin s'enfonce ſous une voûte, fait un petit coude, & va ſe décharger dans un étang qui eſt au pied de la grotte. Cet étang ne laiſſe qu'un ſentier étroit entre les rochers bizarrement amoncelés qui en forment l'enceinte. Un peuple de lapins les habitent, & rend aux poiſſons innombrables de l'étang, toutes les peurs qu'on lui donne.

Que cette ſolitude eſt charmante!

La vaste nappe d'eau qu'elle présente est toute semée de petites isles de roseaux. Les plus grandes sont des volieres remplies de toute sorte d'oiseaux. On va aisément des unes aux autres par d'énormes cailloux qui sortent de l'eau, & par des petits ponts de pierre & de bois distribués au hazard, les uns en arc & en ligne droite, les autres faisant divers contours, selon le lieu où ils se trouvent placés. Quand les nénuphars dont les bords de l'étang sont plantés, donnent leurs fleurs, il paroît couronné de pourpre & d'écarlate, comme l'horison des mers du midi quand le soleil y descend.

Il faut se résoudre à revenir sur ses pas, pour sortir de cette solitude, ou franchir la chaîne de rochers escarpés qui l'environnent de toutes parts. La Nature a voulu qu'ils ne fussent accessibles qu'à une pointe de l'étang, qui semble les avoir fait plier devant ses eaux, pour s'ouvrir un paſſage entre les ſaules, & percer de l'autre côté en s'y précipitant avec bruit. De vieux ſapins cachent encore cet enfoncement, & ne laiſſent voir au-deſſus de leur ſommet que des pierres qui reſſemblent à des ruines ou à des troncs d'arbres briſés.

On monte au haut de ce rempart de rochers par un eſcalier étroit & rapide, qu'il a fallu creuſer avec le pic, dont les coupes ſont encore marqués. Le cabinet qu'on y trouve pour ſe repoſer, n'a rien que de ſimple ; mais il eſt aſſez orné par la vue d'une plaine immenſe où le Kiang ſerpente au milieu des villages & des riſieres. Les barques innombrables dont ce grand fleuve eſt couvert, les laboureurs épars çà & là dans les campagnes, les voyageurs qui rempliſſent les chemins, animent ce beau payſage ; & les montagnes couleur d'azur qui le terminent à l'horiſon, repoſent la vue & la recréent.

Quand je ſuis laſſé de compoſer & d'écrire, au milieu des livres de ma grande ſalle, je me jette dans une barque que je conduis moi-même, & vas demander des plaiſirs à mon jardin : quelquefois j'aborde à l'iſle de la pêche, & muni d'un large chapeau de paille contre les ardeurs du ſoleil, je m'amuſe à amorcer les poiſſons qui ſe jouent dans l'eau, & j'étudie nos paſſions dans leurs mépriſes. D'autres fois le carquois ſur l'épaule & un arc à la main, je grimpe au haut des rochers; & de là épiant en traître les lapins qui ſortent, je les perce de mes flêches à l'entrée de leurs trous. Hélas! plus ſages que nous, ils craignent le péril & le fuyent. S'ils me voyoient arriver, aucun ne paroîtroit. Quand je me promène dans mon parterre, je cueille les plantes médecinales que je veux gardet : ſi une fleur me plaît, je la prends & je reſpire ſon odeur ; ſi une autre ſouffre de la ſoif, je l'arroſe, & ſes voiſines en profitent. Combien de fois des fruits bien mûrs m'ont-ils rendu l'appétit que la vue des mets recherchés & trop abondans m'avoit ôté ? Mes grenades ne ſont pas meilleures pour être cueillies de ma main ; mais je leur trouve plus de goût, & mes amis à que j'en envoie, les préférent. Vois-je un jeune bambou que je veux laiſſer croître, je le taille ou je courbe ſes branches, & les entrelaſſe pour dégager le chemin. Le bord de l'eau, le fond d'un bois, la pointe d'un rocher, tout m'eſt égal pour m'aſſeoir. J'entre dans un cabinet pour voir mes cigognes faire la guerre aux poiſſons ; & à peine y ſuis-je entré qu'oubliant le deſſein qui m'amène ; je prends mon *Kin*, & je provoque les oiſeaux d'alentour.

Les derniers rayons du ſoleil me ſurprennent quelquefois conſidérant en ſilence les tendres inquiétudes d'une hirondelle pour ſes petits, ou les ruſes d'un milan pour enlever ſa proie. La lune eſt déja levée, que je ſuis encore aſſis. C'eſt un plaiſir de plus. Le murmure des eaux, le bruit des feuilles qu'agite le zéphir, la beauté des cieux me plongent dans une douce rêverie. Toute la Nature parle à mon ame, je m'égare en l'écoutant, & la nuit eſt déja au milieu de ſa courſe, que j'arrive à peine ſur le ſeuil de ma porte. Quand le ſommeil me fuit, quand les rêves m'éveillent, j'y gagne de devancer l'aurore, & d'aller voir du haut d'une coline les perles & les rubis qu'elle ſéme ſur les pas du ſoleil.

Mes amis viennent interrompre ma ſolitude, me lire leurs ouvrages & entendre les miens. Je les aſſocie à mes amuſemens. Le vin égaye nos frugals repas, la Philoſophie les aſſaiſonne; & tandis que la cour appelle la volupté, carreſſe la calomnie, forge des fers & tend des piéges, nous invoquons la ſageſſe, & lui offrons nos cœurs. Mes yeux ſont toujours tournés vers elle. Mais hélas! ſes rayons ne m'éclairent qu'à travers mille nuages. Qu'ils ſe diſſipent, fût-ce par un orage; cette ſolitude ſera pour moi le temple du Plaiſir. Que dis-je? pere, époux, citoyen, homme de lettres, je me dois à mille devoirs, ma vie n'eſt pas à moi. Adieu, mon cher jardin, adieu. L'amour du ſang & de la patrie m'appelle à la ville. Garde tous tes plaiſirs pour diſſiper bientôt mes nouveaux chagrins & ſauver ma vertu de leurs atteintes.

Cette pièce eſt du célébre *Sée ma-Kouag*, un des plus illuſtres Hiſtoriographes de Chine, & des plus grands Miniſtres depuis Confuſius.

On voit par les détails qu'on vient de lire, que dans tous les lieux & dans tous les tems la ſageſſe eſt la conſolation des hommes inſtruits; l'amitié, leur plus grand bonheur ; l'étude, leur plus vrai plaiſir. Cette deſcription renferme d'ailleurs un caractère & un coſtume étrangers qui peuvent intéreſſer la curioſité.

Le tableau qui ſuit n'eſt qu'un ſimple payſage deſſiné d'après une nature agréable ; mais ceux qui aiment ce genre de peinture, ne dédaignent pas quelquefois une étude fidelle, tracée même par une main inconnue.

LE JARDIN FRANÇOIS.

LETTRE A UN AMI.

JE ne puis mieux commencer le récit que vous exigez que par ces mots de Pline le jeune : » Vous vous étonnez que mon Laurentin me plaise » autant : vous n'en serez plus surpris, » lorsque vous saurez ce qu'il a d'a- » gréable. »

Mais en vous satisfaisant, n'est-il pas juste que je me contente aussi ? il faut donc que vous connoissiez comme étoit le lieu que nous habitons, en même tems que vous apprendrez ce qu'il est devenu par les soins qu'on y a donnés.

A une heure de distance de la ville, vers l'ouest ; la riviere baigne des prairies agréables, & forme en se partageant en plusieurs bras, un nombre d'îles, qu'ombragent des saules touffus, & des peupliers élevés. Les bords de ces canaux qui ſerpentent, offrent partout de l'ombre, & une verdure qu'entretient la fraîcheur des eaux. les aſpects pittoreſques, & les lointains ornés de villages & de châteaux flattent de tous côtés la vue. Enfin dans une eſpace peu conſidérable, la variété des plans, l'irrégularité des terrains, les ſinuoſités des rives, l'aſpect ſans ſymmétrie des arbres, des pentes, des îles & des digues qui en font la communication, cauſent une diverſité ſi piquante, qu'on ne deſire point de ſortir de la petite enceinte où l'on ſe trouve, arrêté plutôt qu'enfermé par une haie d'aube épine, & par les bords de différens canaux.

Ce ſite peu commun avoit été longtems négligé. Les beautés dont il étoit ſuſceptible, n'exiſtoient que dans la poſſibilité de les mettre en œuvre; lorſqu'un jour du printems, il y a environ vingt années, je découvris cette charmante position. Je traversois le fleuve pour me rendre à la ville ; immobile dans un bac, occupé de mes amis & des Arts, deux pensées pour moi si douces, que je leur ai donné, comme vous le savez, le droit de dominer sur toutes les autres; je laissois errer mes regards. Le bocage dont je viens d'ébaucher la peinture, les arrêta. Il m'offrit à la distance d'un demi-quart de lieue, un aspect assez agréable pour me faire desirer d'en jouir plus parfaitement. Une prairie, des eaux, des ombrages ! Voilà, dis-je en moi-même, où loin de ce mouvement si fatiguant & si stérile des grandes sociétés, loin de ces agitations si puériles & si funestes des hommes qui cherchent en vain le bonheur dont ils s'éloignent, il faudroit goûter en paix & les délices de l'étude, & les beautés de la Nature.

Je ne résistai point à cette impression. A peine débarqué, je m'acheminai vers un lieu qui par l'effet d'une secrete sympathie, m'appelloit à lui. Marchant dans un petit sentier à travers une prairie couverte de fleurs; je suivois les bords du fleuve, qui dans ce canton, loin d'être escarpés, s'inclinent jusqu'à la surface de l'eau par une pente insensible; je parvins à un chemin bordé de tilleuls. Alors des îles ombragées par de vieux saules, s'offrent à moi; une petite habitation champêtre réalise à mes yeux, les idées que je m'étois formées. Le domicile qui s'élevoit du côté de la prairie, ressembloit dans sa simplicité au presbytere d'un Curé. Près de la maison, un quinquonce de grands peupliers & de tilleuls offroit, & donne encore un couvert que le soleil ne peut pénétrer dans ses plus grandes ardeurs. Et cet ombrage s'étend jusqu'au bord d'un canal naturel, formé par des îles, &

des petites chauſſées à moitié rompues, où le courant qui ſe briſe & bouillonne en s'échappant, préſente aux Payſagiſtes des accidens faits pour les intéreſſer. Autour de la maiſon, vers la prairie émaillée ſur laquelle elle eſt placée, comme ſur un magnifique tapis, étoit un petit verger; & du côté où la riviere ſuit ſon cours, quatre rangs de tilleuls négligés, mais donnant beaucoup d'ombre, préſentoient l'idée d'une avenue préparée, dont juſques-là on ne s'étoit pas ſoucié de faire uſage. Quant aux aſpects, lorſque je fixai les yeux entre le midi & le couchant, ils m'offrirent la plus vaſte perſpective.

La riviere s'y prolonge en bordant la prairie qu'elle arroſe, l'eſpace de deux ou trois lieues; elle va ſe perdre enſuite vers des côteaux ornés qui bornent l'horiſon.

Le long de l'autre rive à peu de

diſtance, un village animé par le paſſage d'un bac; plus loin d'autres villages encore, & de petites bourgades embelliſſent la ſcène; & ces objets diverſifiés conduiſent les regards juſqu'à des montagnes plus éloignées que ſurmonte un aqueduc.

Du côté du midi, des bourgs aſſez conſidérables forment d'autres variétés; & le vaſte eſpace qu'on découvre eſt meublé de cultures de toute eſpece & d'arbres fruitiers. Au-deſſus de cette plaine s'éleve dans l'éloignement un monticule iſolé qui rompt l'uniformité des plans.

En face de la maiſon, ſi l'on détourne la vue vers le levant; un petit côteau de vignes ſert d'appui au vallon, & préſente à ſix cens toiſes un amphithéâtre qui n'a rien de déſagréable. En effet ſur ce tertre ſe prolonge un village dont l'extérieur eſt orné par l'aſpect de quelques maiſons conſidérables; &

leurs jardins inclinés vers le vallon, conduisent la vue le long de la prairie; elle ne paroît plus bornée que par des hauteurs éloignées, au-dessus desquelles des montagnes plus élevées encore dominent l'horison.

Enfin de l'autre côté du canal, plusieurs isles, alors incultes & indépendantes de ce petit établissement, inspiroient le desir d'y prolonger des promenades, & d'y chercher des aspects qui devroient être assortis à ceux que je viens de tracer.

En effet, au nord, une petite ville couronnée de montagnes, environnée de cerisiers & de figuiers qui s'étendent jusqu'aux bords du fleuve, forme avec l'immense étendue d'eau qu'on apperçoit, & de jolies habitations entourées d'arbres, un des plus beaux aspects de cette charmante solitude.

Une découverte aussi heureuse ne demeura point inutile. En être enchanté, former

former le projet d'en partager la jouissance avec des amis, les y conduire, leur communiquer ses impressions, en devenir avec eux possesseur & habitant; tout cela fut l'ouvrage de peu de tems.

Bientôt les Arts agréables, sans violer cette simplicité, qui s'accorde si bien avec la Nature, donnerent quelques commodités & quelques agrémens qui manquoient à l'habitation.

Ils décorerent sans faste l'extérieur & les dedans. Un Artiste célèbre par les plus grandes entreprises de la Peinture se fit Architecte par amitié, comme on vit autrefois se former un Peintre par amour. Enfin les talens dont l'usage fait si bien connoître le prix des beautés naturelles, & les sentimens qui en rendent la jouissance si douce, se réunirent pour achever notre ouvrage.

La Nature pouvoit-elle se refuser à des soins qui l'honorent? Non sans doute. Aussi les ombrages se sont élevés & multipliés à l'envie. Les aspects se sont développés dans les endroits qui leur étoient plus favorables, des ponts se sont établis, dont les uns élevés dans les arbres, & prolongés à travers les isles & les canaux, procurent de vastes promenades. Les autres portés à fleur-d'eau sur de petits bateaux, furent ornés des fleurs de toutes les saisons. Des routes ombragées de peupliers, ont suivi les sinuosités des rivages, & forment en s'unissant aux ponts, aux digues & à des petits sentiers qui semblent l'effet du hazard, la ceinture de cet agréable séjour. Des cabinets posés avec choix ont offert des abris nécessaires & des tableaux qui arrêtent & attachent les regards; des siéges ménagés dans les arbres, des bel-veders établis en sallies sur l'eau, pour en mieux goûter la fraicheur, furent disposés de toute part. Un sallon de café trouva sa place sous le couvert si bien ombragé par de vieux arbres, qui touchent la maison. C'est-là qu'on trouve écrit sur l'écorce de celui qui éleve le plus sa cime dans les airs, ces mots empruntés en partie d'un de nos plus aimables Poëtes.

Antiques peupliers, l'honneur de nos bocages,
Ne portez point envie aux cedres orgueilleux.
Leur sort est d'embellir les lambris des faux sages ;
Le vôtre est d'ombrager l'asyle des heureux.

Une ménagerie qu'on plaça proche du café, offrit avec l'utile des variétés & du mouvement dans le tableau général. Une presque-isle tapissée du plus frais gazon renferma des moutons qui animerent le paysage : & dans l'avenue que forme un berceau de grands tilleuls, terminé par la riviere, une étable bien meublée, fournit à la laiterie proprement ornée qui l'avoisine, une partie des trésors & des délices de la campagne.

Il resteroit à vous faire connoître quelques détails de nos promenades, & à vous offrir encore quelques inscriptions tracées dans les endroits pittoresques où l'on s'arrête le plus ordinairement; mais ne dois-je pas craindre que la sévérité de votre goût ne l'emporte sur l'indulgence de votre amitié ? Quelques mots se trouvent ici accordés sur nos sites, comme les paroles qu'on joint à des airs qui plaisent. Isolés, ils perdront sans doute autant que les parodies qu'on ne chante point.

Cependant si l'amitié se plaît dans les détails; & si l'imagination qui réalise dans votre esprit ce qui a des droits sur votre cœur, vous a transporté dans ce lieu, où nous desirons de vous posséder, je puis hazarder de vous promener dans quelques-uns des endroits où nous nous entretenons avec nos Hamadriades.

Ici, c'eſt un vieux ſaule qui ſe pré-
ente au milieu d'un ſentier ombragé
lont les détours ſuivent preſque au ni-
eau de l'eau le canal qui ſerpente.
Cet arbre a l'air d'avoir vu ſe renou-
eller plus d'une fois les habitans de
e rivage.

Son tronc noueux eſt encore couronné de rameaux & de feuillages :
à la hauteur où ſe portent naturellement les regards, une eſpece de bou-
che rappelle l'idée des oracles qui ſe
faiſoient autrefois entendre, ſans doute
pour donner aux hommes des conſeils
dont ils ont tant de beſoin : ils ne parlent
plus aujourd'hui; mais dans ce lieu,
ils écrivent encore; & voici ce que
l'Hamadriade veut perſuader à ceux
qui paſſent près de ſa retraite.

Vivez pour peu d'amis; occupez peu d'eſpace :
Faites du bien ſurtout; formez peu de projets.
Vos jours ſeront heureux; & ſi ce bonheur paſſe,
Il ne vous laiſſera ni remords, ni regrets.

A peu de distance du vieux saule se trouve une espèce de cabinet en saillie sur le courant de l'eau : il est appuyé sur un arbre planté au-dessous, dont la cime surmontée de branches disposées en rond, a donné lieu d'en former un siége commode. On y est entouré des rameaux qui couronnent l'arbre, & qui servent d'appuis de tous côtés, en ne laissant de libre que l'espace nécessaire pour s'y placer. Rien de si propre à méditer, que ce réduit où la vue, voilée pour ainsi dire, pénétre cependant à travers le feuillage; où l'on entrevoit le mouvement des eaux, & où leur bruit se fait assez entendre pour conduire à la rêverie. Des deux côtés du siége, les branches semblent s'approcher pour qu'on lise ce qui est tracé sur leur écorce. L'une, dans l'incertitude de la situation où peut se trouver celui à qui elle parle, s'exprime ainsi.

De ce riant séjour, de ce paisible ombrage
Éprouvez les charmes secrets.
Infortunés, retrouvez-y la paix;
Heureux! soyez-le davantage.

Une autre prend un ton plus réfléchi.

Consacrer dans l'obscurité
Ses loisirs à l'étude, à l'amitié sa vie;
Voilà les jours dignes d'envie.
Être chéri, vaut mieux qu'être vanté.

Si rêvant à cette maxime dont le cœur est meilleur juge que l'esprit; vous continuez de parcourir le sentier où vous vous trouvez engagé, vous appercevrez bientôt un de ces ponts dont je vous ai parlé.

Douze petits bateaux soutiennent à quelques pouces de la surface de l'eau, un plancher de cent pieds de longueur, assez large pour donner place à deux personnes. Des caisses garnies de fleurs sont disposées, par intervalles, des deux côtés. Les intervalles sont remplis par des treillages assemblés en lozange, qui en laissant appercevoir l'eau, rassurent les regards. Le pont peint en blanc, émaillé de fleurs, invite à y descendre: les aspects y sont à chaque pas variés; & vers le milieu, l'espace qui s'élargit, se trouve garni de sièges. On s'y arrête pour jouir du tableau pastoral qui s'offre de toute part. On y respire le parfum des fleurs avec la fraîcheur des eaux, qu'on voit de près s'écouler sous le plancher sur lequel on est assis. C'est-là que vos amis passent quelques soirées agréables en s'entretenant de leurs occupations, de leurs goûts, de leurs voyages: & l'un d'eux y a tracé ces vers.

Des jours heureux, voici l'image.
Les Dieux sur nous versent-ils leurs faveurs?
Ils offrent sur notre passage
Quelques aspects riants du repos, & des fleurs.

Mais revenons ſur nos pas, & portons-les juſqu'à l'extrémité de la plus grande iſle, dont nous avons déjà parcouru quelques parties. C'eſt en traverſant un bois de ſaules, qu'on pénétre par des routes tortueuſes & ombragées, juſqu'à l'endroit où la riviere forme deux canaux qui embraſſent cet eſpace avant que de rejoindre le lit de la riviere.

A cette pointe, ſe préſente un aſpect ſauvage. Une iſle déſerte s'éleve à peu de diſtance, & arrête la vue ; une digue rompue donne du mouvement à l'eau en réſiſtant au courant qui s'efforce de la détruire ; lorſque la riviere eſt plus haute, il ſe forme en cet endroit une caſcade qui ſied très bien à ce lieu ſolitaire. L'iſle voiſine n'eſt point meublée d'arbres qui bornent les regards ; auſſi s'étendent-ils audelà : ils s'arrêtent à des édifices qui font partie d'une petite ville peu diſtante. Parmi ces édifices, il en eſt un qui ſe fait remarquer en dominant les autres : c'eſt un objet peu intéreſſant par lui-même ; mais il fut habité par Héloïſe. A ce nom qui ne s'arrêteroit à le conſidérer ! Qui ne parleroit un moment de cette délicate & trop malheureuſe amante ! Après ſa funeſte avanture elle ſe retira dans un monaſtere, dont le ſavant, l'inquiet, l'exigeant, le jaloux Abelard étoit directeur ; & c'eſt ce monaſtere que vous voyez.

Si lorſqu'on fait ce récit, quelques jeunes perſonnes ſe trouvent préſentes, on peut penſer qu'elles ſentent s'élever dans leur ſein un mouvement plus précipité qu'à l'ordinaire ; leur regard devient incertain & embarraſſé ; elles détournent les yeux, & rencontrent alors ces mots qui (ſi le climat le permettoit) ſeroient ſans doute tracés ſur un myrte.

Ces toits élevés dans les airs
Couvrent l'asyle où vécut Héloïse.
Cœurs tendres soupirez, & retenez mes vers.
Elle honora l'Amour, l'Amour l'immortalise.

Pour quitter cette agréable position, on peut choisir entre plusieurs routes qui conduisent hors du bois des saules, & vers le grand lit du fleuve. Là les aspects sont trop découverts pour la méditation & la poésie.

L'ame qui s'étend avec les regards, jouit à la vérité, mais d'une maniere vague, des beautés qui l'égarent trop loin d'elle. Il faut qu'elle soit entourée de plus près, pour être inspirée; il faut que moins distraite, elle éprouve dans une douce rêverie, des sensations dont elle prenne plaisir à se rendre compte. C'est donc d'un pas plus rapide que je vous ferai parcourir une route en terrasse de plusieurs centaines de toises, qui suit les contours de l'isle du côté du canal de la navigation. Les bateaux qui viennent ſans ceſſe des provinces maritimes, animent cette magnifique ſcène : mais elle n'inſpire que l'admiration ; auſſi on aime à la quitter pour revenir encore dans cet intérieur de canaux & de promenades que traverſe un pont de bois d'une longueur conſidérable. Par la diſpoſition de trois iſles, plus baſſes que le reſte du terrein, ce pont ſe trouve élevé à la hauteur de la tête des Arbres, & les tiges qui les couronnent, fourniſſent un ombre qui transforme ce paſſage en une allée couverte. On s'y promene ſans craindre les ardeurs du Soleil ; d'eſpace en eſpace on apperçoit, à l'aide du débouché des divers canaux, les points de vue que cette ſituation rare rend infiniment pittoreſques. D'eſpace en eſpace auſſi le pont s'élargit au-deſſus des canaux, de manière à recevoir des ſiéges pour s'y repoſer, y goûter la fraîcheur,

& jouir des agrémens de la vue.

C'eſt de-là qu'on découvre plus particulierement ces ſinuoſités agréables que forment les eaux dans leur libre cours ; & ces repréſentations ſi piquantes & ſi fidéles que produit le reflet des objets qui s'y peignent.

Il étoit naturel de parler un inſtant de ces beaux effets à ceux à qui ils peuvent plaire. Voici ce qu'on leur adreſſe.

Ici l'onde, avec liberté,
Serpente & réfléchit l'objet qui l'environne.
De ſa franchiſe elle tient ſa beauté;
Son criſtal plaît, & ne flatte perſonne.

Un moulin ſe préſente à l'une des extrêmités de ce pont.

Sa vue ne manque guère d'attirer ceux qui ont rarement obſervé d'auſſi près ces ſortes de machines. On approche, & l'on ſe trouve dominer la roue: le bruit qu'elle produit, le battement meſuré qu'elle occaſionne &

ſon mouvement égal & ſucceſſif, invitent à quelques momens de rêverie. On regarde avec une attention qui attache, ces aubes ſortant du courant l'une après l'autre; s'élévant peu-à-peu au plus haut dégré de leur orbite, pour redeſcendre, ſe replonger & diſparoître. Cet objet eſt propre ſans doute à inſpirer des réflexions, mais celles dont les nuances ſeroient trop ſombres ſe trouveroient moins aſſorties au coloris du tableau que celle-ci.

Ah! connoiſſez le prix du tems;
Tandis que l'onde s'écoule,
Que la roue obéit à ſes prompts mouvemens;
De vos beaux jours le fuſeau roule.
Jouiſſez, jouiſſez, ne perdez pas d'inſtans.

Vous ſeriez encore tenté de deſcendre dans des petites iſles à fleur d'eau qui ſe trouvent ſoutenir différentes parties du pont; des eſcaliers y conduiſent. On y trouve de l'ombre, des bancs & des promenades agréables, mais elles ſont quelquefois couvertes par la riviere; auſſi les peupliers antiques qui les ombragent, portent ſur leur écorce des marques de différentes inondations, qui ne les ont point empêchés d'élever leur cime dans les airs. Cependant un d'entre eux plus ſenſible que les autres à ces accidens, s'exprime ainſi.

Dans ces climats, plus d'un orage
A troublé le Ciel & les cœurs.
L'onde, franchiſſant ſon rivage,
A ſubmergé nos vergers & nos fleurs.
Dieux bienfaiſans reparez ces malheurs!
Et que les habitans d'un modeſte bocage
Par vos faveurs trouvent ſous nos rameaux
Quelqu'abri pour un doux repos.
A qui tient peu de place il faut ſi peu d'ombrage!

Ce ſeroit abuſer des droits de l'amitié que de vous conduire partout où ſe trouveroient encore de jolis aſpects & quelques mauvais vers. D'heureux loiſirs ont produit ceux-ci, comme dans nos prairies un doux printems féme les fleurs ; mais vous ſavez qu'on les regarde ſans qu'elles en ſoient plus fieres, & qu'on leur refuſe ſon attention ſans qu'elles s'en offenſent. Voilà le ſort de nos arbres poëtes, & en vérité on peut ſavoir gré de cette retenue à des auteurs ; pour ne pas leur ôter ce mérite, venez mettre vous même la meſure qui convient à votre curioſité, venez enfin nous rendre par votre préſence ce qui manque à notre Laurentin, & dont rien ne peut nous dédommager.

FIN.

www.ingramcontent.com/pod-product-compliance
Lightning Source LLC
LaVergne TN
LVHW020314230826
846091LV00003B/666

* 9 7 8 2 3 2 9 3 7 8 7 9 4 *